LANA SIRRI

Shababs!

Jung. Muslimisch. Selbstbestimmt.

Illustriert von Irem Kurt

w_orten
& meer

Dieser Band wurde umweltfreundlich gedruckt:
– auf 100% Recyclingpapier, FSC-zertifiziert mit dem Blauen Engel
– mit mineralölfreien Druckfarben ohne Isopropanol
– ohne Folie kaschiertes Cover
– uneingeschweißt
Umfassende Nachhaltigkeit in Bezug auf natürliche Ressourcen und soziales Miteinander ist Verlagskonzept: Strom und Gas für das Büro beziehen wir über Green Planet Energy, wir reparieren, statt neu zu kaufen, unser Bürobedarf ist ökologisch, und wir versuchen alle Arbeitsprozesse möglichst fair zu gestalten. Wir setzen uns ein für ein wertschätzendes und ressourcenschonendes Sein in Welt.

FSC www.fsc.org RECYCLED Papier aus Recyclingmaterial FSC® C105965

Shababz!
Jung. Muslimisch. Selbstbestimmt.

Text und Szenario: Lana Sirri, lanasirri.com
Comic, Satz und Layout: Irem Kurt, iremkurt.com
Assistenz Kolorierung: Mary Vu, maryvu.de

Übersetzung der Texte aus dem Englischen: Sharif Bitar, uebletexte.de
Druck: Oktoberdruck GmbH, Grenzgrabenstraße 4, 13053 Berlin

1. Auflage, Hiddensee: w_orten & meer, 2024
ISBN 978-3-945644-43-0

Verlag für verbindendes diskriminierungskritisches Handeln
Süderende 86, 18565 Insel Hiddensee
kontakt@wortenundmeer.net
www.wortenundmeer.net

Förderungen: Das Projekt wurde möglich gemacht durch finanzielle Förderungen von GLS Treuhand e. V., Khady Demba Stiftung und Lush Deutschland

Das Buch kann dank der genannten Förderungen in Paketen ab fünf Exemplaren umsonst für Initiativen und Vereine bestellt werden, die das Buch an junge Menschen weitergeben möchten oder Projekttage zu den Themen des Buches planen.

Weitere Infos dazu finden sich hier: lanasirri.com

Das sind keine Tippfehler! — Anmerkung zu Schreibweisen

Hast du schon einmal über die Macht der Sprache nachgedacht? Sprache ist keine neutrale Sache. Sie spiegelt und festigt gesellschaftliche Machtstrukturen und Ungleichheiten und verstärkt Diskriminierung und Unterdrückung. Indem wir die Sprache herausfordern, können wir diese Machtstrukturen stören und inklusivere und gerechtere Formen der Kommunikation schaffen. Hier sind einige Beispiele dafür, wie wir das in diesem Buch tun:

Das Gendersternchen * — Bei Personenbezeichnungen benutzen wir das * und setzen es nach dem (gedachten) Wortstamm, statt zwischen der männlichen und der weiblichen Wortform. So wird statt des Genders das Handeln einer Person in den Vordergrund gerückt (Stud*entin — ein Mensch, der studiert). So steht die männliche Variante auch nicht an erster Stelle und ununterbrochen da.

Die Adjektive — Bei der Schreibweise einiger Adjektive folgen wir politischen empowernden Selbstbezeichnungen: So werden „Schwarz" und „Muslimisch" großgeschrieben. Aber warte mal! Um *W*eißsein ebenso als soziales Konstrukt zu markieren, wird „*w*eiß" mit kursivem „*w*" geschrieben.

Den USA kommt global eine kulturelle und politisch machtvolle Sonderrolle zu. Wir möchten dazu anregen, diese Machtposition zu hinterfragen und schreiben daher das Adjektiv „us-amerikanisch" klein (so wie auch alle anderen Adjektive zu Ländern klein geschrieben werden).

Wenn du also in diesem Buch andere „Tippfehler" findest, überleg mal: Fordert die Autorin hier Machtstrukturen heraus, oder wurden diese Fehler doch einfach übersehen?

Lieb*er jung*er Les*erin,

Sei neugierig! Du bist ein großartiger Mensch. Ich weiß, jetzt sagt dir das schon wieder eine ältere Person. Aber ich meine es ernst. Manchmal wirken die Dinge sehr schwierig, ungerecht und einfach brutal. Vielleicht gibt es Momente, in denen Wut und Frust die einzigen beiden Gefühle zu sein scheinen. Und manchmal fühlt es sich an, als sei die Welt noch nicht bereit, dich zu verstehen. Aber weißt du was? Du hast unglaubliche Kraft in dir: die Kraft, deine Erfahrungen in wertvolles Wissen zu verwandeln. Die Kraft, etwas zu verändern. Die Kraft, dir eine Welt vorzustellen, die alles an dir feiert. Ich hoffe, dass dieses Buch dir hilft, dich selbst, deine Communitys und deinen Glauben zu akzeptieren, zu verstehen und wertzuschätzen.

Ich hoffe, dass ich dir ein paar Einblicke geben kann, aber letztlich gestaltest du deinen Weg selbst. Also trau dich, die ganz großen Fragen zu stellen. Suche nach Antworten und hab keine Angst, auch diese Antworten zu hinterfragen. Sei kritisch, ganz besonders, wenn es um Autoritätspersonen geht oder um Vorstellungen, die starr und fest wirken. Und denk immer daran, dass du nicht allein bist. Du musst nur die Menschen finden, die dieselbe Reise unternehmen wie du, und die Menschen, die dich auf dem Weg anfeuern und unterstützen.

Lieb*er PoC-Les*erin,

Sei inspirierend! Du hast es im Leben mit unzähligen Herausforderungen zu tun gehabt, wurdest auf verschiedene Arten diskriminiert und ausgegrenzt, wirst es vielleicht immer noch. Auf deinem Weg hast du die Kluft überbrückt zwischen der Gesellschaft im Allgemeinen und deinen Vor*fahrinnen, die in Deutschland ein besseres Leben für unsere Generation gesucht haben. Aus all dem ist deine Kreativität entstanden, mit der du Communitys erschaffen kannst. Auf deinen starken Schultern steht und wächst die nächste Generation. Du hast das Fundament gelegt, auf dem sie weitermachen und sich entfalten kann. Du gibst weiter, was in der zeitlosen Weisheit wurzelt, die wiederum deine Vor*fahrinnen an dich weitergegeben haben, und es verkörpert Stärke und Ausdauer. Doch vielleicht hast auch du in der Vergangenheit die Kämpfe und Mühen der Menschen vor dir abgetan, hast gedacht: „Wir wissen es heute besser." Sicherlich wirst auch du ähnlichen Gegenwind von jüngeren Menschen bekommen. Denk nur daran, dass dein Streben nach Wissen und Wachstum weitergeht. Du lernst von deinen Vor*fahrinnen und von deinen Nachkommen. Auch wenn du ihre Perspektive manchmal nicht nachvollziehen kannst, stecken darin doch wertvolle Erkenntnisse. Sei mitfühlend. Die jungen Menschen werden tief drinnen deinen Rat zu schätzen wissen.

Dieses Buch soll deine eigenen Erfahrungen und dein Wissen nur ergänzen. Es soll dir helfen, die jungen Menschen im Durcheinander des Lebens zu begleiten, sie auf ihrer Reise zu unterstützen und zu verstehen.

Lieb*er *wei*ßer* Les*erin,

Sei aktiv! Du spielst hier eine wichtige Rolle. Der Weg, auf den diese Jugendlichen sich begeben, wurde wahrscheinlich von dir gebaut. Darum kannst du dich entscheiden, ihn freizuhalten, so zu gestalten, dass dort Platz für sie ist — oder ihn zuzustellen, zu versperren. Ich hoffe, dass du mit diesem Buch islamische Feminismen und diskriminierungskritisches Handeln besser kennenlernst. Aber vor allem hoffe ich, dass du Einblicke in die Lebenserfahrungen junger Muslimischer Menschen in Deutschland bekommst. Dein Weg endet aber nicht mit Bewusstsein und Sensibilität — hier fängt er erst an.

Wenn du Lehr*erin, Pädagog*in, Sozialarbeit*erin oder Train*erin bist, dann nutze deine Rolle, um marginalisierte Communitys zu unterstützen und inklusive Räume zu schaffen. Nutze deine Privilegien nicht, um für die jungen Menschen zu sprechen, sondern um ihre Stimme lauter zu machen. Hör zu, wenn sie von ihren Erfahrungen berichten, damit du deine eigenen Vorurteile und Verhaltensweisen reflektieren kannst. Arbeite bewusst daran, diskriminierende Haltungen zuverändern. Auf diesen Weg sollten wir uns gemeinsam begeben, denn wir alle sind unverzichtbare Fäden im Gewebe unserer Gesellschaft.

Liebes jüngeres Ich,

Sei resilient! Jetzt weißt du, was du dir wünschst, schon damals gewusst zu haben. Auf dieser abenteuerlichen Reise hast du so viel über das Leben gelernt, über das Handeln der Menschen um dich herum. Du weißt jetzt, dass die Dinge manchmal nicht so sind, wie sie wirken. Die Leute sagen oft, dass es kompliziert sei, aber eigentlich ist es das nicht. Ein kluger Mensch hat mal gesagt: „Dinge als komplex zu benennen, lenkt nur von den hässlichen einfachen Wahrheiten ab." Diese einfachen Wahrheiten kennst du nun. Du hast gelernt, deine Emotionen zu kanalisieren, die angenehmen, leichten, aber auch die schwierigeren, herausfordernden. Dadurch konntest du wachsen, aufblühen und etwas an deine Community zurückgeben.

Auf dem Weg hast du großartige Menschen kennengelernt und Verbündete gefunden, die für dich da sind. Du hast dich auf aufregende Diskussionen eingelassen über wichtige Themen, die deine Welt geprägt haben — Islam, race, Gender, Sexualität. Vor allem aber hast du islamischen Feminismus entdeckt. Das hat in dir ein Feuer entfacht, und du willst ständig mehr darüber wissen. Du hast gelernt, dass es in Ordnung ist, Tabus zu brechen und über Dinge zu reden, über die andere schweigen. Davon profitierst du selbst und davon profitieren die Menschen um dich herum. Es war eine herausfordernde Reise bis hierhin zu kommen. Und sie war es absolut wert.

Inmitten von herzzerreißenden Wirklichkeiten, wenn Wörter nicht mehr ausreichen, gaben mir die Arbeit an der Graphic Novel und ihre Protago*nistinnen Mut und spendeten Trost. So konnte ich die lodernde und ruhige Energie für die Kämpfe sammeln, die noch anstehen.

Lana Sirri
März, 2024

Kapitel Eins

Die Gang

Letzte Nacht
MESS
BACHELOR -STUDIUM
UNIVERSITÄT
ARCHITEKTUR
Informationen
Zulassungs...
BEWERBUNG
ARCH+
ARCHITECTURAL RECORD
GRÜBEL
Bachelor-Abschluss in Architektur.
Bewerbung
Welche einzigartigen Eigenschaften bringen Sie mit?
KRATZ
KRATZ
Mal sehen, was die Gang dazu sagt!
KLICK
KLICK
KLICK
Die Gang
Hamza:
Shababz!
Leute, was meint ihr, was ist einzigartig an mir?
Amari:
PING
PING
KOKOS
PING
PING
SCHACH MATT
PING
PING

PAPA! Das ist nicht fair!
Wer nicht aufpasst, verliert.
Irgendwann wird sich das Blatt wenden.
Was hat Hamza jetzt vor?
< 2 Die Gang
was ist einzigartig an mir?
Amari:
Bist du sicher? Mathe ist ja nicht gerade deine Stärke …
Hamza:
Aserbaidschan
Das ist Zaha Hadid
Architektin 1950-2016
Oh ja! Ich nehme es sogar mit Zaha Hadid auf!
Heydar-Aliyev Zentrum
China
Wangjing Soho

Gebt ihm 'ne Chance, Leute!
Die Gang
Mariama:
Gibt es einen Preis für das schlechteste Gebäudedesign? Den gewinnt er vielleicht
Hamza:
!!!
OH MANN ...
PING
PING
Hamza:
Danke für nichts.
Ich frag halt Yasmin, ob sie mir hilft.
BFF
BFF
Yasmin! Hast du kurz Zeit?
?!

Hamza

U-Bhf
PFFF

Moritzplatz
Heinrich-Heine-Str.
Sexuelle Übergriffe in der Silvesternacht.
Berliner Fenster
Was für ein Riesenscheiß!
Was plant der jetzt?
Wir brauchen hier mehr Security!
Wir können denen nicht vertrauen, das ist halt eine andere Kultur.
Jeden Tag derselbe Scheiß!

Zahra

Nur noch eine Woche SCHUUUUU-UUU... ...UUU-LE!
Sei ein braves Mädchen.
Bin ich das nicht immer?
Hast du gestern deine Bewerbung abgeschickt?
Ja, Mama! Hoffentlich nehmen die mich bei LegalEmpower.
BRUUMM
Inschallah, habibti!
KLICK
KLICK

* **Khalas** bedeutet soviel wie genug oder es reicht.

Betül Ulusoy, Sie haben die Kampagne #MuslimaPride gestartet.
GRÜBEL GRÜBEL ...
Warum lehnen Sie ab, dass andere Femin*istinnen Sie unterstützen?
Uns Muslimischen Frauen wird ständig vorgeworfen, wir könnten nicht selbst entscheiden.
Betül Ulusoy? Ist das nicht die Frau, die ihr Jura-Referendariat nicht machen durfte, weil sie ein Kopftuch trägt?
Es gibt zu viele herablassende westliche Femin*istinnen, die islamfeindliche und rassistische Rhetorik nutzen!
Auf jeden Fall! Das seh' ich auch so ...

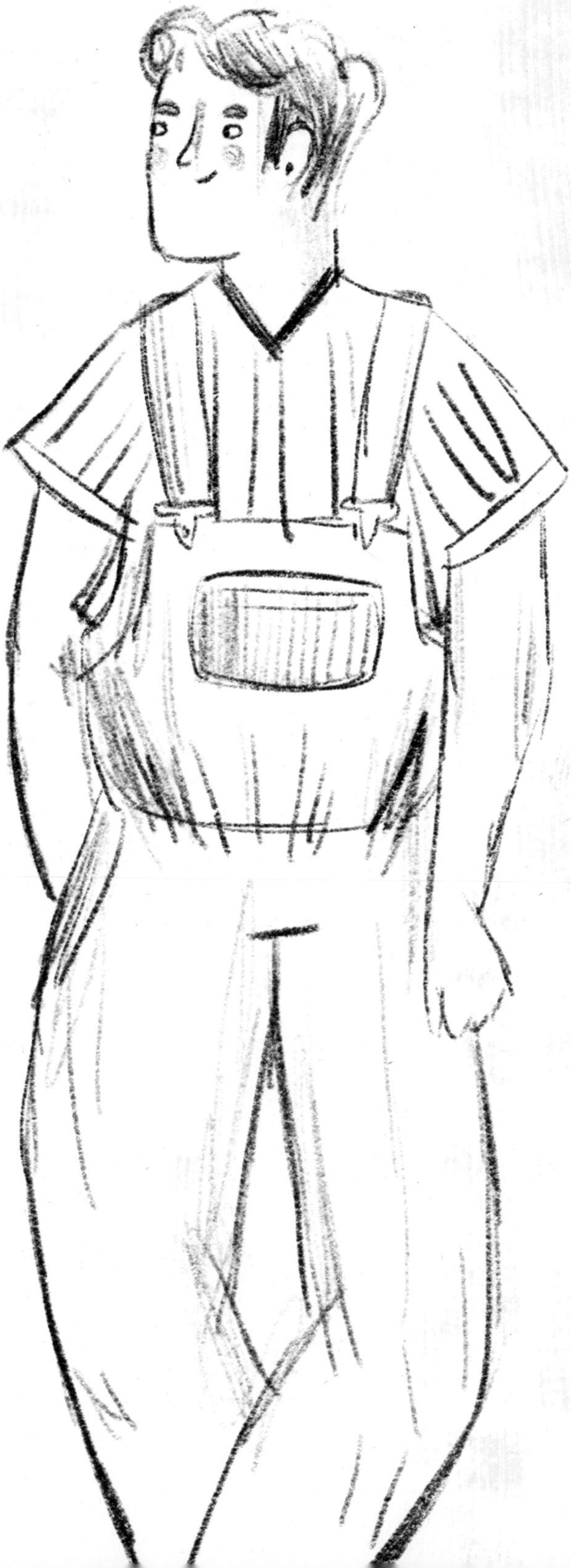

Amari

MASHROU LEILA
CENSORED
QUEER
LGBTIAQ+
Das willst du anziehen? So kannst du nicht rausgehen!
Hä?! Was stimmt denn nicht damit?
Hä?!
?!
Hä?!
BAAM
BAAM

SLAM!
SLAM!
Echt ey, nichts ist jemals gut genug!
Ich strenge mich so in der Schule an und trotzdem darf ich nicht ich selbst sein?
Warum lassen die mich nicht einfach in Ruhe?!
FLOP
FLOP
PING
PING
Die Gang
Mariama: Wo bist du, Amari?
Amari: ...
KLick
Komme zu spät ...
KLick

Mariama

Was geht, Leute?
Hey, hast du schon Pläne für den Sommer?
Ich arbeite mir den Arsch ab, um Geld für meine Reise zu sparen.
PROJEKT WOCHE
10.6 – 20.6
hä?!
10.6 – 20.6
WORKSHOP ZUR PRÄVENTION VON RADIKALISIERUNG
ISLAMISMUS
Fundamentalismus
WAS ZUR HÖLLE IST DAS?
PANEL · 11.6.
– 11:00 UHR –
Gastbeitrag:
Die Große Zwangsentschleierung – Der Kampf gegen das Kopftuch im Namen des Feminismus.
UGHHH

ung – Der
egen das
m Namen
inismus.
DAS NERVT!
RRiPP
RRiPP
Können die uns die letzte Schulwoche nicht einfach genießen lassen?

PFFF
Hey, worüber regst du dich auf?
Keine Sorge, FEMEN sind schon dabei mich zu befreien. Hahaha ...
Du bist wohl auch so ein Radikaler.
PANEL ·11.6.
–11:00 UHR–
Gastbeitrag:
Die Große Zwangsentschleierung – Der Kampf gegen das Kopftuch im Namen des Feminismus.
Und sie wird unterdrückt!

Ich frag' mich schon manchmal, ob alle anderen recht haben und wir falsch liegen.
So ein Quatsch! Die kennen uns doch alle gar nicht.
UFF
Ignoriert sie einfach, so wie ich die Leute in der U-Bahn immer ignoriere.
Es muss da draußen doch was anderes für uns geben.
Ich kann's nicht erwarten, mit der Schule fertig zu sein.
Endlich raus aus diesem Loch!
Und herausfinden, was die Welt für uns bereithält.

Kolonialismus, Postkolonialismus und Dekolonialität

Ich weiß, drei große Wörter. Aber lass dich nicht von ihnen einschüchtern. Diese drei Wörter sind der Schlüssel dazu, den riesigen wirtschaftlichen und soziopolitischen Wirbelwind zu verstehen, in dem wir leben. Sie helfen dir vor allem, wenn du einer der großartigen jungen Menschen bist, die sich darin zurechtfinden müssen.

Der **Kolonialismus** ist ein Kapitel der Geschichte, in dem mächtige Nationen die Kontrolle über andere Länder und Menschen an sich rissen. Es war eine Zeit des Unrechts und die Menschen litten unter den rassistischen Kolonialmächten, die sie ausbeuteten. Eine der wichtigsten Folgen des Kolonialismus war die anhaltende politische und wirtschaftliche Macht westlicher Nationen über andere. Und obwohl die ehemals kolonisierten Länder inzwischen eigentlich unabhängig sind, bleibt das Erbe des Kolonialismus bestehen: Machtungleichgewichte, soziale Spaltung und wirtschaftliche Ungleichheiten. Es ist notwendig, die politischen und wirtschaftlichen Effekte des Kolonialismus zu verstehen, um sich mit diesem historischen Unrecht auseinanderzusetzen und auf eine gerechtere Gesellschaft für alle hinzuarbeiten.

Postkolonialismus beschreibt die besonderen sozialen, wirtschaftlichen und politischen Bedingungen in ehemals kolonisierten Ländern. Wissenschaftliche Forschung zu Postkolonialismus liefert die Grundlage, um die anhaltenden Effekte kolonialer Kontrolle und Ausbeutung kritisch zu analysieren und zu bekämpfen.

In nationalen Befreiungsbewegungen forderten die Menschen gemeinsam Unabhängigkeit. Sie kämpften für ihre Freiheit und dafür, kulturell, politisch und wirtschaftlich selbstbestimmt zu leben. Sie wollten einen Staat bilden, der ihre eigenen Hoffnungen und Werte vertritt.

Nachdem sie die Unabhängigkeit erlangt hatten, begannen die ehemals kolonisierten Länder, sich selbst zu regieren. Doch sie erbten Strukturen und Institutionen, mit denen die vorherigen kolonialen Regime Ungleichheit geschaffen und Kontrolle ausgeübt hatten. So kam es, dass oft diejenigen Menschen und Parteien, die vorher für die Freiheit gekämpft hatten, jetzt Diktaturen errichteten. Die nun herrschenden Gruppen wurden und werden von den mächtigen Staaten in der neokolonialen Weltordnung unterstützt. Im Austausch dafür erhalten sie die den Status quo der postkolonialen Welt gewaltvoll aufrecht. Es lief also nicht ganz so, wie die antikolonialistischen Befreiungsbewegungen sich das erhofft hatten.

Und nun kommt **Dekolonialität** ins Spiel – eine neue Gelegenheit, über die Fehler der Vergangenheit nachzudenken und sie zu korrigieren. Ein neuer Anfang, eine Chance es besser zu machen. Dekolonialität fordert uns auf, den Schaden anzuerkennen, den Kolonialismus angerichtet hat, nicht nur in der Vergangenheit, sondern auch im Jetzt. Sie ermutigt uns, ungerechte Systeme herauszufordern, Vielfalt und Inklusion zu leben und auf eine Zukunft hinzuarbeiten, in der alle wahrgenommen und respektiert werden.

Islamischer Feminismus kann tatsächlich als dekoloniale Bewegung begriffen werden, die das hinterfragt, was im Kolonialismus als wahr galt und gegeben war. Islamischer Feminismus wertschätzt vielfältiges Wissen. Dabei betont er Gendergerechtigkeit und setzt sich darüber hinaus mit wirtschaftlichem, rassistischem und ökologischem Unrecht auseinander. Indem er selbst auf wirksame Weise handelt und Vielfalt willkommen heißt, trägt islamischer Feminismus zur Dekolonialisierung bei und schafft eine gerechtere Welt.

Kapitel Zwei

Sprache und Sein

Die letzte Schulwoche
PROJEKT WOCHE
MISSY MAGAZINE
EMMA
Nur noch eine Woche Frau Schneider ...
Die hat es total auf mich abgesehen, seit ich den Hijab trage. Krass, oder? Die hat sogar meine Eltern an die Schule zitiert!
AARGH
AARGH

Wir haben ein tolles Programm für unsere abschließende Projekt-woche.
Ich mach beim Hip-Hop-Workshop mit.
Es geht um die Emanzipation der Frauen.
Ihr lernt alles über die Gleichberechtigung der Geschlechter in Deutschland.
Was ist mit der Emanzipation der Männer?
Sarah, Ich kann dir nur sehr empfehlen, an dem Workshop teilzunehmen. Dir auch, Mariama.
!?!
!?
Und wir haben das große Glück, die Autorin als Gastrednerin hier zu haben. Ihr Thema ist Freiheit in Deutschland.
Alice Schwarzer
Die große Ver-schleierung
Was für ein Scheiß!
Müssen wir diese Woche wirklich in die Schule?

RRING RRING
Und vergesst nicht die Hausaufgaben. Ihr haltet alle Referate über Geschlechtergleichheit in Deutschland.
Das letzte Mal Hausaufgaben. Ich kann kaum erwarten, das endlich hinter mich zu bringen!
Und du fängst dein Praktikum bei Queer Muslim_a* an.
Ich freu mich so sehr auf das Jura-Praktikum! Ich kann kaum glauben, dass die mich genommen haben!
SCHULE
Und ich hab' genug Geld für die Weltreise zusammen.

SEARCH
Muslimische Frauen
KÜCHE
Gender-
gleichheit!
GENDER EQUALITY
Geschlechter-
(un)gleichheit
GENDER
PAY GAP
Lohngefälle
zwischen den
Gendern

Unterdrückung
Weibliche Genitalverstümmelung
Muslimisch, Frauen...
EQUALITY
JUSTICE
EQUAL RIGHTS
Reform
BIWOC RISING
UFF
Social Injustice towards women
Gender (IN)Equality im Islam
Hmm
TABU
It's not our culture
ISLAMISMUS
SEARCH
Sexual Depr...
EHRENMORD
UFF
Women in Saudi Arabia can now drive
But they still need a man's permission to...

Wie hieß nochmal diese Muslimische Gruppe aus dem Radio?
Ach ja! #Muslima Pride.
SEARCH
#MUSLI
FREEDOM OF CHOICE
KÄMPFE FÜR MICH!
ICH BIN SCHON FREI!
ISLAM IS MY CHOICE
GEGEN UNTERDRÜCKUNG !!!
Das muss ich Mama zeigen!
Guck mal! Das ist die Gruppe, von der wir neulich im Radio gehört haben.
Alle Hijabis, wie ich, und sie kämpfen für ihren eigenen Feminismus als Muslimas.

Wirklich sehr eindrucksvoll.
Und guck, da steht, dass Betül Ulusoy Jura studiert hat. Genau wie du, inschallah!
Da fällt mir ein, ich war heute beim Buchladen und hab das hier gekauft.
Kübra Gümüşay. Kennst du die? Noch eine starke junge deutsch-Muslimische Frau.
SPRACHE UND SEI
Ach ja! Die hab' ich beim TEDxBerlin Salon gesehen. Sie nennt sich …
Die intellektuelle Putzfrau
Sie findet es frustrierend, all den rassistischen, sexistischen, islamfeindlichen, islamistischen, rechtspopulistischen Extrem*istinnen hinterherzuputzen.
So geht's mir in der Schule manchmal. Gut zu wissen, dass ich damit nicht allein bin.

Währenddessen bei BIWOC Rising
Women
Frauen, Islam, Fem...
KÜCHE
Hi Nadja, guten Appetit! Wie geht's? Hab' dich hier schon länger nicht gesehen.
Ich weiß! Ich hab' meine Bachelorarbeit geschrieben. Die ist jetzt aber fertig, hab' sie vor einer Woche abgegeben.
GLÜCK WUNSCH
Worum geht's in deiner Arbeit?
Um islamischen Feminismus
Ach was! Genau dazu suche ich gerade Infos. Allah hat dich geschickt.
Unsere Lehrerin hat die Zeitschrift Emma und ein Buch von Alice Schwarzer mitgebracht, damit wir etwas über Frauen im Islam lernen.
Ich war echt sauer!

Unglaublich. An der Uni hab' ich das auch erlebt. Aber es geht auch anders.
Leider gibt es zu dem Thema nicht genug deutsches Material aus der Perspektive Muslimischer Frauen. Aber das hier kann ich dir sehr empfehlen ...
EINFÜHRUNG IN ISLAMISCHE FEMINISMEN
Lana Sirri
Ich war bei einem Vortrag von Lana Sirri. Sie zeigt, wie vielfältig islamischer Feminismus ist, oder wie sie sagt: islamische Feminismen, Plural!
Islamischen Feminismen geht es darum ...
... den Koran aus feministischer und anti-patriarchaler Perspektive neu zu lesen und neu zu interpretieren.
... wieder in den Mittelpunkt zu stellen, wie Muslimische Frauen die Welt erleben
... hervorzuheben, was Muslimische Frauen im Islam beigetragen haben.
... gegen die Ausgrenzung Muslimischer Frauen und gegen rassistische Tendenzen im Feminismus zu kämpfen.
... intersektionalen Feminismus zu betreiben.
Oh WOW! Vielen Dank! Genau das brauche ich.

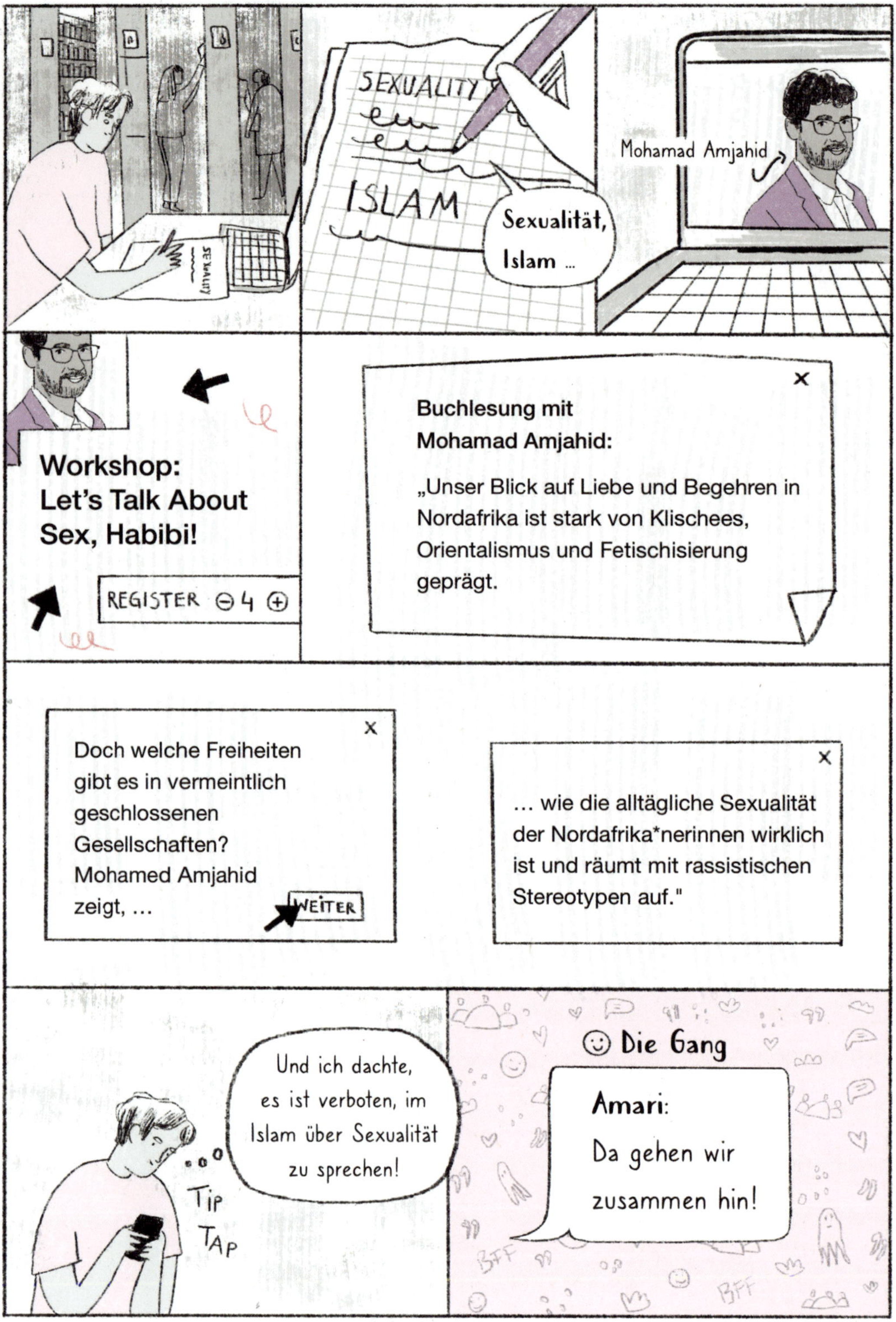

SEXUALITY
ISLAM
Sexualität, Islam ...
Mohamad Amjahid
Workshop: Let's Talk About Sex, Habibi!
REGISTER ⊖ 4 ⊕
Buchlesung mit Mohamad Amjahid:
„Unser Blick auf Liebe und Begehren in Nordafrika ist stark von Klischees, Orientalismus und Fetischisierung geprägt.
Doch welche Freiheiten gibt es in vermeintlich geschlossenen Gesellschaften? Mohamed Amjahid zeigt, …
WEITER
… wie die alltägliche Sexualität der Nordafrika*nerinnen wirklich ist und räumt mit rassistischen Stereotypen auf."
Und ich dachte, es ist verboten, im Islam über Sexualität zu sprechen!
TIP TAP
Die Gang
Amari: Da gehen wir zusammen hin!
BFF

PROJEKT WOCHE!?!
Glaubst du, dass du was Besseres bist als sie? Findest du, du solltest mehr Rechte haben?
Äh ... können Männer Feministen sein?
Nein
Tja Brudi, dann bist du wohl ein Feminist!
Der Islam lehrt, dass wir in Gottes Augen alle gleich sind.
Können Männer Feministen sein?
Männlich, Muslimisch und feministisch: Mohammad Naciri von den UN spricht über die Rechte von Frauen im Nahen Osten ...
Sind männliche Muslimische Feministen eine Minderheit?
Ich bin definitiv nicht die Minderheit, wir sind viele.

Eine Woche später.
Projektwoche: Referate
Mariama, du bist dran.
Müssen Muslimische Frauen gerettet werden?
Viele Menschen im Westen glauben, dass Muslimische Frauen unterdürckte Opfer ihrer Religion und ihrer Traditionen sind.
Aber ich zeige euch, dass das nicht stimmt.
Muslimische Frauen wehren sich gegen Ungleichheit und Diskriminierung.

Und dabei müssen sie an mehreren Fronten kämpfen.
Sie kämpfen gegen das Patriarchat in ihren Muslimischen Communitys ...
... und gegen Sexismus, Rassismus und Islamfeindlichkeit im Rest der Gesellschaft.
Wie mein Referat gezeigt hat, sind Muslimische Frauen stark.
Und sie können für sich selbst sprechen! Danke!
DANKE!

Sarah, du bist die nächste.
Islamischer Feminismus: Gibt es das überhaupt?
Muss ich mich zwischen meinem Hijab und Gendergleichheit entscheiden?
Nana Asma'u – Die frühe islamisch-feministische Ikone
Seit es den Islam gibt, haben Muslimische Frauen gleiche Rechte eingefordert.
Sie lesen den Koran auf neue Weise, um männlich dominierte Interpretationen zu hinterfragen.

Und sie zeigen, dass Gendergleichheit zum Koran und zum Islam gehört.
We Can Do It, Too!
© tuffix
Islam und Feminismus passen zueinander.
Um also meine Frage zu beantworten ... Nein! Ich muss mich nicht zwischen meinem Hijab und Gendergleichheit entscheiden.
Und nebenbei ... mein Name ist ZAHRA, nicht Sarah!
¿!

Aber unterdrückt der Islam Frauen nicht?
Ich habe so oft gehört, wie sich Muslimische Frauen über das Kopftuch beschweren.
Oder haben die sich über das Patriarchat beschwert?
Gibt es in Deutschland wirklich kein Patriarchat? Sind deutsche Frauen frei?
?!?
Woher kommen diese Gedanken?
Ich muss mich mal kritisch mit den Narrativen beschäftigen, die meine Wahrnehmung vernebeln.
Alle meine Schülerinnen und Schüler haben etwas Besseres verdient. Wir sollten ihnen zuhören und sie nicht auf Grundlage von Stereotypen beurteilen.

Repräsentation

Wenn Menschen über Islam oder Muslimische Menschen sprechen, dann haben sie manchmal vorgefasste Meinungen, Bilder oder Stereotype im Kopf. Diese stammen häufig aus der Kolonialzeit, die beeinflusst hat, wie Menschen über solche Themen denken.

Diese Meinungen finden sich in Repräsentationen wieder, also Darstellungen und Beschreibungen von Muslimischen Menschen. Repräsentationen sind weder simpel noch neutral. Sie haben mit Macht zu tun und sie sind politisch. Der Soziologe Stuart Hall hat erforscht, wie Menschen in Machtpositionen ihre eigene Macht untermauern, indem sie andere auf bestimmte Weise darstellen. Er befasste sich außerdem damit, wie Repräsentationen unsere Identitäten beeinflussen, wie sie bestehende Ungleichheiten in einer Gesellschaft entweder fortführen oder herausfordern können. Wie eine Gruppe repräsentiert wird, kann beeinflussen, wie sie sich selbst und wie andere sie wahrnehmen. Manche Repräsentationen schaffen gemeinsame Identitäten, doch sie können Menschen auch in Klischees zwängen oder ausgrenzen. Hall fordert, dass wir Repräsentationen kritisch untersuchen, damit wir nicht in Identitäten gedrängt werden, die uns unterdrücken.

Mit dem Konzept Orientalismus erläuterte der Akademiker und Aktivist Edward Said, wie der Westen über den „Orient" denkt. Er beschreibt, dass der Westen unter dem Einfluss von kolonialen Ideologien östliche Kulturen als exotisch, rückständig oder minderwertig dargestellt habe. Solches „Wissen" über den Orient wurde zu einem Werkzeug der Kontrolle und Dominanz. Orientalistische Repräsentationen ignorieren oft, wie vielfältig östliche Kulturen sind. So begründeten westliche Mächte, dass sie die Menschen im Osten unterwarfen: Sie stellten es dar, als würden sie „minderwertigen" Kulturen helfen.

Aber weißt du was? Allein dadurch, dass du ein Muslimischer Mensch im Westen bist, forderst du diese Repräsentationen und falsche Trennung von „Osten" und „Westen" heraus. Also lehn dich zurück und schaffe dein eigenes Narrativ.

Kapitel Drei

Liebe ist Revolution

Queer Muslim_a* Workshop
Amari
Sind wir queer oder Muslimisch? Oder beides?
Queer Muslim_a* Workshop
Angeleitet von
Amari & Farah
Farah

Meine Eltern sagen, bei uns in der Community gibt es keine LGBTIAQ*-Menschen.
Ich habe so Angst, dass meine Familie mich nicht mehr liebt, wenn ich ihnen davon erzähle.
In meiner Moschee heißt es, ein Mensch kann nicht schwul und Muslimisch sein.
Kann ich noch Muslimisch sein, wenn ich queer bin?
Bin ich haram?!

Queer und Muslimisch zu sein, das schließt sich nicht gegenseitig aus.
Ihr müsst nicht das eine für das andere aufgeben.
Meine weißen Freun*dinnen fragen mich immer, ob ich queer oder Moslem bin.
Die sagen, ich muss mich outen, auch wenn ich dann meine Familie verliere.
Als queere Muslimische Menschen fühlen wir uns oft sichtbar und unsichtbar.
Es ist schwierig, queer und Muslimisch zu sein – beides zu leben. Aber es gibt so viele Menschen, die dich lieben und supporten.

Meinst du wirklich, dass der Islam Platz für uns hat?
Unser Frust mit dem Islam entsteht oft, weil wir fast nur Interpretationen von Männern kennen und andere Stimmen zum Schweigen gebracht werden.
Einen Islam zu entdecken, der vielfältige sexuelle Orientierungen anerkennt und respektiert, das hat so vieles für mich verändert.
Aber gibt es so einen Islam überhaupt?
Ich erzähle euch mal von meiner ersten Begegnung mit einem sexualitätssensiblen Islam.
TIMETRAVEL

Al-Andalus im 9. Jahrhundert

Allah, das riecht so gut!
Die ist für dich, Zaynab.
Wie lieb von dir.
Dein Notizbuch!
Entschuldigung! Du hast dein Notizbuch liegen lassen.
Oh, vielen lieben Dank.
Warum beeilst du dich so?

Ich trete heute Abend in der Alhambra auf.
Und ich bin spät dran.
Toll! Was für ein Auftritt ist das?
Du kommst wohl nicht von hier, wenn du mich nicht kennst.
Ich rezitiere den Koran und homoerotische Poesie.
HOMO WAS???

* Muhammad ibn Musa al-Chwārizmi 780-850

Okay, nochmal zurück. Homoerotisch? Du trägst homoerotische Gedichte vor, am Palast des Kalifen?
Du weißt schon, dass dort Muslimische Menschen sind?!
Ich bin auch Muslimisch!
Ya salam! Du siehst toll aus, so schön!
Habibti, wir schaffen es heute Abend leider nicht.
Danke, meine Süße.
Viel Erfolg!
Und die beiden?
Hind und al-Zarqa. So ein schönes Paar.
EIN PAAR???
Hind ist die Tochter von Lachmid, dem christlichen König von Hira. Und al-Zarqa ist ein tolle Muslimische Frau aus Yamamah.

* Ahmad Ibn Hazm 994-1064

* Scott Siraj al-Haqq Kugle (geb. 1969)

Das arabische Wort „alwanikom" wird oft metaphorisch genutzt.
Es bezieht sich auf unsere unterschiedlichen Hauttöne, aber auch auf Geschmack und Aromen ...
... und sogar darauf, was uns als Menschen ausmacht, unsere Sprache, unseren Glauben, unsere Erfahrungen.
Warum also nicht auch auf unsere sexuelle Vielfalt?

ISLAM
HOMO-
EROTISCH
Sexualität
QUEER

* Olfa Youssef (geb. 1964)

Viele verstehen diesen Vers so, dass Gott Männer vollkommen maskulin und Frauen vollkommen feminin geschaffen hat.
ABER! Da ist auch dieses winzige Wort, „min".
Wir können das auch so verstehen, dass Gott den Menschen geschaffen hat. Und alle Menschen haben maskuline und feminine Eigenschaften.
Warum wurde uns das nie beigebracht?
Der Koran ermutigt uns, seine Lehren zu reflektieren und unseren eigenen Kopf zu nutzen, um ihn zu verstehen, statt einfach so zu akzeptieren, was uns erzählt wird.
Das sagt uns die erste Aya, die dem Propheten (Fsml) offenbart wurde.
„Lies im Namen deines Herrn, Der erschuf."
(96:1) – Ahmadeyya

Aber genug davon. Wir sind schon zu spät.
Yalla, beeil' dich!
Was für ein erfrischendes Gespräch.
Darum komm' ich so gern zum Basar.

* **Mukhannathun:** Ein Begriff aus dem klassischen Arabisch, der Menschen beschreibt, die sich nicht mit dem Gender identifizieren, das ihnen bei der Geburt zugewiesen wurde.

Doch ist es meiner Vulva geglückt und sie schimmert
zwischen einer Wange und einer Sommersprosse
Wie ein Fleck Moschus, der über einer Sichel schwingt
und einen reinen Mund, ein Lachen wie Perlen,
offenbart voller salziger Nässe
sogleich süß im Geschmack
Und ein feiner Nacken, schlank wie der der Gazelle
Was ich von ihrer Schönheit gesehen habe
– oh was ich alles sah! –
So verehre ich, wer Schönheit aus Ton formte
Um eine solch perfekte Kreatur aus Schönheit zu erschaffen
Ich trank von ihr und ihr enormer Durst hat eine Quelle gefunden
Ist dies haram (verboten), so ist das nicht halal (rechtens)

WOW

Queer Muslim_a* Workshop
Und das war meine Entdeckungs- und Offenbarungsreise.
Wow ... das war ... viel ... und viel verstecktes Wissen, das es noch zu entdecken gibt.
Wenn sie dir das Glück bringt, das du verdienst, dann ist es die Reise wert.
Heute weiß ich, dass es queere Muslimische Menschen so lange gibt wie den Islam.
Wir existieren!

Wie das wohl heute ist? Also in Muslimischen Communitys überall auf der Welt?
Versuch' doch mal, Menschen zu kontaktieren und nachzufragen.
Ja, uns austauschen über unsere Erfahrungen.
Ich mag euren Enthusiasmus, Leute! wir könnten doch ein Webinar organisieren.

Gender, queeres Leben und Islam

Der Imam Muhsin Hendrick und der Islamwissenschaftler Scott Kugle haben beide untersucht, wie der Islam zu verschiedenen sexuellen Orientierungen und Genderidentitäten steht. Sie wollen, dass wir nicht nur an die Regeln denken, sondern auch an die spirituellen und moralischen Aspekte des Islam. Werte wie Mitgefühl, Gerechtigkeit und Liebe, so argumentieren sie, könnten die Perspektiven von LGBTIAQ*-Personen und Islam zusammenbringen. Sie ermutigen uns, diskriminierende konservative Blickwinkel zu hinterfragen.
In seiner Forschung zu islamischer Geschichte hinterfragt Scott Kugle die Vorstellung, dass alle Menschen heterosexuell und eindeutig Mann oder Frau sein sollen, je nachdem, was ihnen bei der Geburt zugeschrieben wurde. Er sagt, dass der Islam Raum für vielfältige Genderidentitäten und sexuelle Orientierungen biete. Wir müssen den historischen Kontext religiöser Texte bedenken und wie sich Interpretationen mit der Zeit verändert haben. Er nennt das eine sexualitätssensible Koran-Interpretation.

Sowohl Hendrick als auch Kugle stehen für einen Islam ein, der alle respektiert — unabhängig von sexueller Orientierung und Genderidentität. Sie fordern, traditionelle Interpretationen kritisch zu untersuchen, damit LGBTIAQ*-Menschen Offenheit und Akzeptanz erleben.
In Muslimischen Communitys gibt es viele verschiedene Perspektiven auf Sexualität, Gender und queere Lebensweisen. Um sie zu verstehen, müssen wir auch postkoloniale Einflüsse wie Orientalismus bedenken. In ihnen stecken koloniale Vorstellungen darüber, wie gut der Islam angeblich zu Demokratie, Gendervielfalt und LGBTIAQ*-Rechten passt.

Trau dich, über sexuelle Orientierung und Gender im Islam zu sprechen. Rede mit Freun*dinnen, Familie und Päda*goginnen. Informiere dich über Muslimische LGBTIAQ*-Gruppen oder lies Bücher zu dem Thema — und folge dem Rat des Propheten. Er ermutigt uns, ohne Angst offen über jeden Aspekt des Lebens zu sprechen, auch über Sexualität.

Kapitel Vier

Echos der Männlichkeit

BARBER SHOP
BARBERSHOP
ERMIN
Yo, was geht, Bruder?
Mach ihn mal schick für heute Abend!
Was habt ihr vor?
Wir sind beim i,Slam-Konzert!

* **Amo:** ein ehrfurchtsvoller Begriff, wörtlich "Onkel", mit dem Respekt gegenüber älteren Menschen ausgedrückt wird.

Ich versteh' schon, Amo. Ihr hattet es nicht leicht. Mein Vater erinnert uns dauernd daran. Aber wir haben auch Probleme.
Probleme? Astaghfirullah! Ihr habt keine Ahnung!
Wir haben unser Zuhause verlassen, um hierherzukommen. Wir konnten kein Deutsch, haben nur die Drecksarbeit gemacht und wurden wie Dreck behandelt!
BRRR
BRRR
Du glaubst, du hast PROBLEME?
Wir erwarten nicht, dass ihr das versteht. Ihr steckt in der Vergangenheit fest und zieht uns da mit rein.
Hey, junger Mann! Zeig' Respekt!
Andere Generationen, andere Probleme.

BARBERSHOP
BARBER SHOP
Das nervt! Ich hab' die ja nicht nach Deutschland geschickt. Und weil die es schwer hatten, sollen wir es auch schwer haben?!
Nein Mann! Alter die wollen halt ihre Anerkennung. Sind halt eine verlorene Generation und hängen sich daher an uns. Verlust kompensieren, weißte?
Yalla! Bis später, Bruder!
KLOPF
KLOPF
Ich hasse das, wenn die uns „Jungs" nennen. Sind wir nicht Mann genug?
Das Auto hab ich verdient, hab' mir den Arsch abgearbeitet. Wie ein echter Mann!
Hamza, bist du das?
Ja, Mama!
Wo ist Baba?
Oben beim 'Asr-Gebet.

PLATSCH
Allahu Akbar
Subhana Rabiyyal-A'ala
As-salaamu alaykom wa rahmat-Ullahi wa barakaato

* **Na'iman:** ein Ausdruck, mit dem einer Person zu ihrem sauberen oder frischen Äußeren gratuliert wird.

FÜR VOLK UND HEIMAT
BERLIN
Mehr Sicherheit für unsere Frauen und Töchter!
AvD wählen
Alter, Ich kann kaum glauben, dass wir die Karten haben. Die Show ist ausverkauft!
Oh Mann! Hammer. Einfach ein bisschen abhängen.
Ja, Yasin tritt auf, er hat uns die Karten klargemacht.
Islamisierung stoppen
AvD wählen
BLING
BLING

I,Slam ist die Muslimische Version von Poetry Slams. Die Veranstaltung stärkt junge Muslimische Menschen in ihrer Identität und Persönlichkeit. Kunst wird dabei zum Werkzeug des Empowerments. I,Slam lässt durch Kunstprojekte Chancen entstehen – und indem es einen „Safer Space" bietet.

iSLAM
Yo, Baba, muss dir was sagen, kann nicht länger schweigen, Aufgewachsen, sah ich dich stark, Emotionen nie zeigen. Doch das hat mich gefangen, fühl mich nicht frei, Ängstlich, meine wahren Gefühle zu zeigen, versteckt weit und breit
Warum fühl' ich mich, als müsste ich mich beweisen? Ich will keine Angst mehr haben, bewertet zu werden. Ich hab' meine Emotionen so lange versteckt, aus Angst als schwach zu gelten. Aber bedeutet Schwäche, dass ich weniger männlich bin?

iSLAM
Sie wollen, dass ich ihren Weg gehe, wie vorgegeben, Doch ich breche aus, will meinen eigenen Pfad leben. Versuch' offen und ehrlich zu sein, doch sie blocken mich ab, Gefangen in Vergangenheit, seh'n nicht über ihren Tellerrand
Ich liebe meine Familie, aber die verstehen mich nicht. Es ist, als ob sie das Leben, das sie nie hatten, durch mich leben wollen. Aber ich hab' meine eigenen Wünsche und Träume. Wäre das Verrat, wenn ich mein eigenes Ding mache?

„Echte Männer weinen nicht, hart wie Stein", Doch drinnen leide ich, fühl' mich, als wär' ich allein. Gefühle unterdrücken, in einer Lüge gefangen, eine Last, die meine Seele befangen
Ich fühl mich, als ob ich zerbreche, wenn ich versuche stark zu wirken. Ich versuche stark zu bleiben, aber muss so viel mit mir herumtragen. Muss ich wirklich unverwundbar sein? Kann ich mich nicht öffnen und andere an mich heranlassen?

i SLAM
Got us trapped in a cycle, ain't nobody winning, Hurtin' men, hurtin' women, it's like we're all spinning. Respect, love, and empathy, that's the key, Break the circle of toxic masculinity, let's be free
Ich fühl' mich hin- und hergerissen, zwischen dem, woran ich glaube, und dem, was von mir erwartet wird. Ich komme nicht raus aus diesem Struggle, ein „echter" Mann zu sein oder der Mann, der ich sein will. Ich will aus diesen Stereotypen ausbrechen. Ich will diesen brutalen Kreislauf durchbrechen.

Alter, das war fett!
Auf jeden, Bruder! Das ging richtig ab!
Alle gingen richtig ab! Bester Gig ever!
Manche von den Texten bringen mich ganz schön zum Nachdenken.
Zum Beispiel, dass wir dauernd so hart tun müssen, obwohl wir es auch nicht leicht haben.
Manchmal frage ich mich, ob ich eigentlich schon ein Mann bin.
Aber was soll das überhaupt sein, „ein echter Mann"?
Irgendwie wollen alle, dass wir uns auf eine bestimmte Weise verhalten, und wenn wir verletzlich sind, gelten wir als schwach.
Ich würd' gern offener darüber reden können, was bei uns so los ist, ohne dass das bewertet wird, versteht ihr?
BLING

Pass auf deine Schwester auf

Sei ein Mann

Fürsorge ist mutig

Empowerte Verletzlichkeit stärkt meine Männlichkeit

Hör auf zu weinen

Sei nicht so ein Mädchen

Männer sind stark

Stark genug für Sanftheit, mutig genug für Gleichberechtigung

Echte Männer zeigen keine Gefühle

Männlichkeit, die sich kümmert, sich mitteilt und wiedergutmacht

Sei nicht zu liebevoll oder verletzlich, das sind Zeichen von Schwäche

* **Wali:** ein islamisches Konzept, beschreibt einen männlichen Vormund oder „Beschützer".

Wie du willst ...
BLING
BLING
Ali ibn Abi Talib, möge Allah Gefallen an ihm haben, ging an ein paar Leuten vorbei, die sich unterhielten. Ali fragte: „Was tut ihr?" Sie sagten: „Wir sprechen über Männlichkeit." Und Ali sagte: ...
„Hat Allah euch nicht genügend gesagt in Seinem Buch, in dem steht: Allah gebietet Gerechtigkeit ('adl), gütig (ihsan) zu sein und den Verwandten zu geben."?
(Sure an-Nahl, 16:90)
Was bleibt da zu Männlichkeit zu sagen?
Es geht wohl einfach darum, fair und gut zu uns selbst zu sein, dann können wir auch fair und gut zu anderen sein.
Wir können es besser machen, die Architekten einer neuen Männlichkeit sein.

Männlichkeit

„Khaleek salameh! Sei ein Mann!"
„Heul nicht, du bist doch kein Mädchen!"
„Sei nicht so eine Memme!"
„Männer sind hart im Nehmen!"

Wie oft hast du so etwas schon gehört? Solche Sätze entstehen aus etwas, das sich toxische Männlichkeit nennt. Doch was ist Männlichkeit eigentlich?

bell hooks (kein Tippfehler, ihr Name wird wirklich kleingeschrieben. Bestimmt kannst du herausfinden, warum) forschte und lehrte dazu, wie Jungen und Männer denken und handeln. Sie betonte, dass „männliches" oder „maskulines" Verhalten nicht angeboren sei, sondern erlernt werde. Gesellschaftlicher Druck bringt Jungen dazu, hart zu sein und ihre Emotionen zu verstecken. So können sie kaum sein, wie sie eigentlich sein möchten. hooks setzt sich auch mit **toxischer Männlichkeit** auseinander. Dabei geht es um schädliches Verhalten, das nur entsteht, weil die Menschen denken, so verhielten sich „echte Männer". Doch bell hooks zufolge hat solches Verhalten nichts mit „Männlichkeit" zu tun; es entsteht durch sozialen Druck. Das Gute ist, dass wir lernen können, toxische Vorstellungen zu hinterfragen und zu verändern.

hooks wollte, dass alle Menschen, egal ob sie sich als weiblich, männlich oder non-binär verstehen, zusammen eine gerechte Welt gestalten. Sie glaubte daran, dass alle Menschen liebevoll, fair und respektvoll behandelt werden sollten. Wir sollten Gefühle offen ausdrücken, denn wenn wir Emotionen herunterschlucken, schadet das uns und unseren Beziehungen mit anderen. Das passt sehr gut zum Islam. Der Redner und Autor Nouman Ali Khan betont zum Beispiel, dass Männer **emotional intelligent** sein sollten. Er hebt hervor, wie wichtig es sei, Emotionen zu verstehen und mit ihnen umzugehen, wirksam zu kommunizieren und gesunde Beziehungen zu schaffen.

Denk also daran: Ein Mann zu sein, bedeutet also eigentlich, einfach ein Mensch zu sein und andere Menschen jeden Genders fair zu behandeln sowie Herzlichkeit und Respekt zu zeigen. Es ist völlig in Ordnung, Gefühle zu haben und über sie zu sprechen.

Kapitel Fünf

Recht und Gerechtigkeit im Glauben

Es läuft super, Amari! Ich sauge bei dem Praktikum so viel Wissen auf.
LegalEmpower: Rechtskanzlei
Und Naila ist der Hammer. Sie kennt sich so gut mit Jura aus!
LegalEmpower:
Ich hab' mich in diesen Sorgerechtsfall eingearbeitet und jetzt will ich ihr zeigen, was ich mir da überlegt habe.
Yalla, ich bin da. Wir sprechen später. Kino am Wochenende steht noch?

LegalEmpower Rechtskanzlei
Zahra Amin Jura Praktikantin
Uff, ya Allah ... es ist spät geworden!
OMG! So viel Schrott im Internet! Ich brauche doch nur eine gute Quelle über Sorgerecht im Islam.
Karamah Muslimische Anwältinnen für Menschenrechte
KARAMAH
KARAMAH
KARAMAH basiert auf dem Grundprinzip, dass Bildung, Dialog und sorgfältiges Handeln die besten Mittel sind.
Ja! Genau das!

http:karamah.org

KARAMAH

WER WIR SIND

KARAMAH ist eine Non-Profit-Organisation, die sich weltweit für Menschenrechte einsetzt. Ein besonderer Fokus liegt auf Gendergerechtigkeit, Religionsfreiheit und Bürg*erinnenrechten in den USA. Die Organisation verfolgt ihre Ziele mit Bildung, Outreach und Interessenvertretung.

UNSER ZIEL

Das Ziel von KARAMAH ist es, alle Menschen über das gendergerechte Fundament des Islam zu informieren. Mithilfe unserer Programme und Veröffentlichungen produzieren, fördern und verbreiten wir islamische Lehren aus einer nichtpatriachalen Perspektive. Wir tragen zu sozialen und rechtlichen Diskursen bei, indem wir die bürg*erinnen- und menschenrechtlichen Kernprinzipien des Islam in den Mittelpunkt stellen. Wir ermutigen und inspirieren muslimische Frauen, in ihren Communitys und überall auf der Welt, Vorreiter*innenrollen einzunehmen.

UNSERE VISION

„Und gewiß, bereits verliehen WIR den Kindern Adams Würde (karamah)." (Koran 17:70)
Von diesem Vers inspiriert, streben wir nach dem Tag, an dem jeder Mensch sein volles Potenzial ausschöpfen kann und wir alle einander mit Respekt und Mitgefühl behandeln.

Tack
Tick
Tick
Tack
Hadana im islamischen Recht.
Was ist denn hadana? Hab' ich ja noch nie gehört.
Hadana im islamischen Recht.
Mach Feierabend, Zahra. Es ist spät, mach morgen weiter.
Ja, ich geh' gleich, muss nur noch eine Sache nachschauen.
Bis morgen dann.
Das brauche ich für meinen Fall!
SUCHEEE
„Im Falle einer Scheidung bezieht sich der Begriff hadana im islamischen Recht darauf, dass minderjährige Kinder von der Mutter oder einer gesetzlich befugten Person aufgezogen werden."

* Die **Sahāba** sind die Menschen, die den Propheten Mohammed begleitet haben.

Ich habe gerade gelesen, dass Abu Bakr, der erste Kalif, Um 'Assim, der Ex-Frau von 'Umar ibn al-Chattāb, das Sorgerecht für das Kind zugesprochen hat.
Er meinte dazu: „Ich habe den Propheten sagen hören, dass eine Mutter nicht von ihrem Kind getrennt sein soll."
Oh, Naila wird sich so freuen, wenn ich ihr das morgen zeige. Aber yalla, ich verhungere, Mama. Ist noch Essen da?

Am nächsten Tag
Guten Morgen! Einmal das Übliche.
Danke! Komm mal mit.
Sorgerecht
عدل
Ich weiß, dass du gestern bis spät an diesem Fall gearbeitet hast. Sehr gute Arbeit!
Wir haben einen neuen Fall, und auf dem Gebiet kenne ich mich nicht gut aus.
Erbrecht
Zum Glück sind wir damit nicht allein.
Was war nochmal die Nummer von WLUML?
Schnellwahltaste 1

http: wluml.org

WOMEN LIVING UNDER MUSLIM LAWS (WLUML)

WLUML ist ein transnationales feministisches Solidaritätsnetzwerk. Es setzt sich für Menschenrechte und Gendergerechtigkeit für Frauen ein, deren Leben von patriarchalen und/oder autoritären Islam-Interpretationen geprägt, bedingt oder bestimmt wird.

WLUML unterstützt feministische Kämpfe für individuelle und kollektive Autonomie in Muslimischen Ländern und Communitys, indem ein transnationales solidarisches Netzwerk gefördert wird. WLUML sammelt, schafft und verbreitet Wissen und unterstützt Kommunikationskanäle und den Austausch im Sinne von Gendergerechtigkeit, Gleichheit und Menschenrechten.

WLUML-KAMPAGNEN

- Stoppt Gewalt gegen Frauen
- Vergewaltigung als Kriegswaffe
- Frauen, Jura und Politik
- Die Rolle von Frauen für den Frieden
- Und mehr ...

WLUML, assalamu aleikum, Sie sprechen mit Saba. Was kann ich für Sie tun?
Wa aleikum assalam, liebe Saba. Hier ist Naila von der Rechtskanzlei LegalEmpower.
Ich arbeite an einem Erbschaftsfall. Ein Mann verklagt seine Schwester, weil sie so viel geerbt hat, wie er. Ist das im Einklang mit Islamischem Recht?
Moment, ich suche eben die Datei über Erbschaft im Islam heraus.
Okay, bist du noch da? Ich hab' die Datei.

Ich frage mich, inwieweit eine Muslimische Person zu Lebzeiten entscheiden darf, was nach ihrem Tod mit ihrem Besitz passiert?
Auf Grundlage von Prinzipen, die wir aus dem Koran und den Hadithen ableiten, dürfen Personen nach islamischem Recht ihren Besitz so vererben, wie sie es wünschen. Natürlich innerhalb der Grenzen Islamischer Erbgesetze.
Und das ist im Koran begründet?
Der Koran sagt ausdrücklich, dass ein Muslimischer Mensch zu Lebzeiten entscheiden darf, was mit seinem Besitz nach seinem Tod geschieht.

Die Sure an-Nisā'sagt:
„Den Männern steht ein Teil von der Hinterlassenschaft ihrer Eltern und Verwandten zu, und ebenfalls den Frauen steht ein Teil von der Hinterlassenschaft ihrer Eltern und Verwandten zu. Sei es wenig oder viel. (Das gilt) als vorgeschriebener Anteil."
(4:7)
Fachr ad-Dīn ar-Rāzī (1149-1209) stimmt dem zu ...
„Wisse, dass die ausdrückliche Bedeutung dieses Verses bestätigt, dass es legitim ist, ein Testament über meinen ganzen Besitz oder einen Teil davon zu verfassen, so wie es mir gefällt."
Saba, meine Liebe, das hat uns sehr geholfen. Jazakallahu khairan!

Einige Wochen später
Islamisches Recht
Justice and Beauty in Muslim Marriage
Vergewaltigung in der Ehe
Schön, dass du auch kommen konntest.
Klar! Über das Thema wird viel zu viel geschwiegen. Ich will mehr darüber lernen.
Ja, leider ist sexualisierte Gewalt in Ehen überall die harte Realität.

Nicht immer schützt das Gesetz Ehefrauen, die so etwas Traumatisches erleben.
Und wenn doch, dann geht es meist nur um körperliche Gewalt und körperliche Verletzungen durch den Ehemann.
Um uns mit Vergewaltigungen in der Ehe auseinanderzusetzen, müssen wir erst verstehen, worauf die Ehe im Islam aufbaut.
Ich schau' mal, ob Musawah dazu schon etwas geschrieben hat.

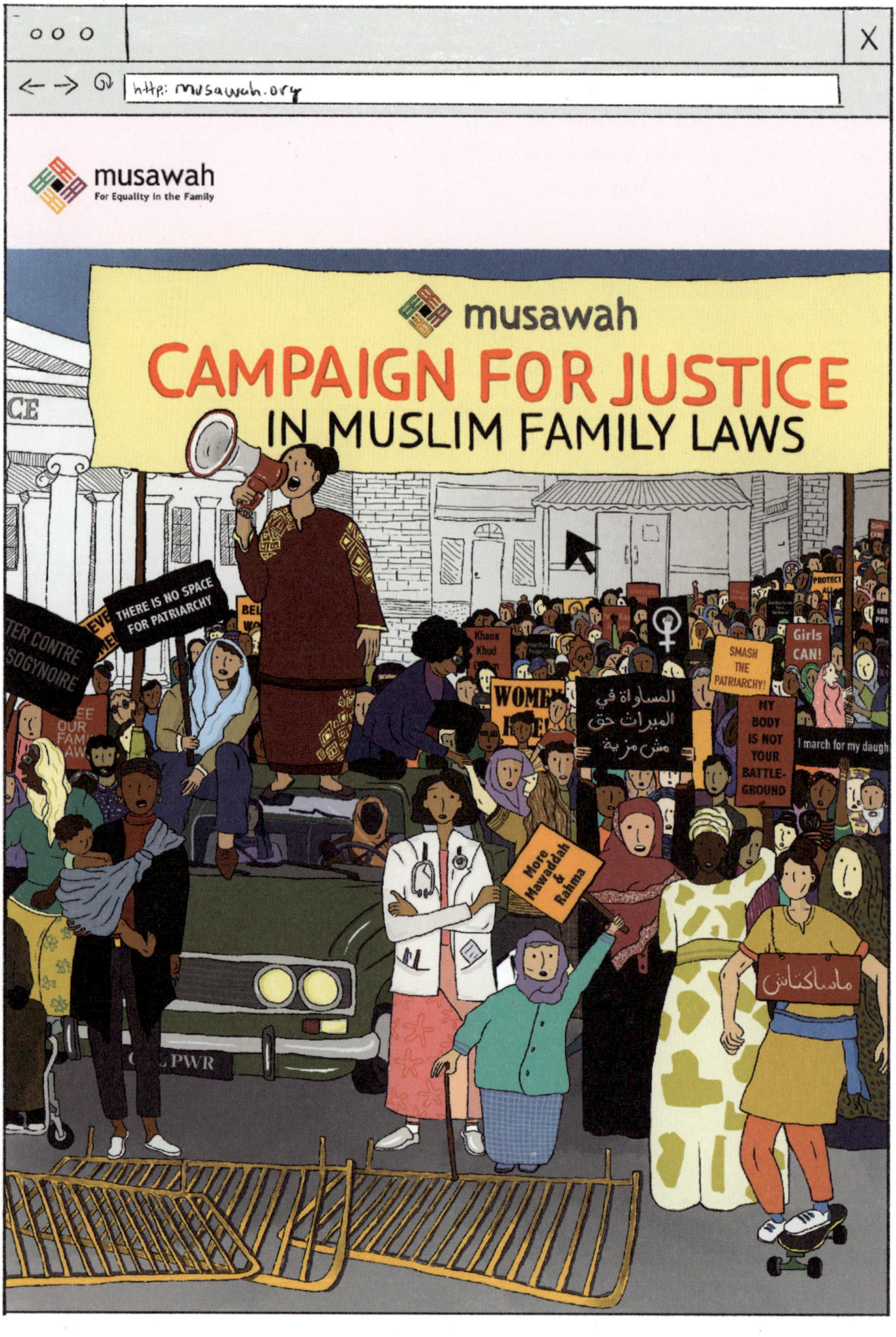
http: musawah.org
musawah
For Equality in the Family
musawah
CAMPAIGN FOR JUSTICE
IN MUSLIM FAMILY LAWS
THERE IS NO SPACE FOR PATRIARCHY
TER CONTRE
SOGYNOIRE
Khana Khud
SMASH THE PATRIARCHY!
Girls CAN!
PROTECT ALL
المساواة في
المبرات حق
مش مزية
MY BODY IS NOT YOUR BATTLE-GROUND
I march for my daugh
More Mawaddah & Rahma
ماساكتاش
GRL PWR

Musawahs Website zufolge ist die Ehe im Islam ein Bund der Liebe, Zuneigung und Verantwortung zwischen Ehemann und Ehefrau.
In dem Zusammenhang wird ein islamischer Begriff genutzt: Mubadala ...
Sexuelle Beziehungen zwischen Ehemann und Ehefrau müssen auf dem Prinzip der Gegenseitigkeit beruhen.
Guck, das stammt aus diesem Koran-Vers.
„Sie sind euch ein Kleid, und ihr seid ihnen ein Kleid."
(2:187)

Ich hab' noch einen. Hier, die Sure ar-Rūm sagt, dass Ehe auf Liebe und Mitgefühl aufbaut.
„Und zu Seinen Zeichen gehört es, dass Er euch aus euch selber (min anfusikom – aus euren Seelen) Gatt*innen [azwaj – Gefährt*innen] geschaffen hat (indem Er zuerst ein Einzelwesen und aus ihm das ihm entsprechende Wesen machte), damit ihr Frieden bei ihnen findet. Und Er hat bewirkt, dass ihr einander in Liebe (mawadda) und Güte (rahma) zugetan seid. Darin liegen Zeichen für Leute, die nachdenken." (30:21)
Bibliothek der islamischen Theologie
Sexuelle Handlungen in der Ehe, die aus gegenseitiger Liebe und Freude entstehen, sind also halal. Aber solche, die durch Zwang und Gewalt entstehen, sind haram.

Ich hab's! Guck!
Ziba Mir-Hosseini, eine Mitbegründerin von Musawah, hat dazu viel geschrieben.
Sie zeigt, dass Nötigung und Erpressung im Fiqh inakzeptable Handlungen darstellen. Eine Beziehung, die so Schaden genommen hat, gilt als verboten und sollte beendet werden.
Und wenn der Fiqh regelt: „Schaden ist zu beseitigen", dann ...
Yeeeesss! Großartig!

Einige Monate später
Ich freu mich so drauf, das Team von Sisters in Islam kennenzulernen. Danke, dass du mich zu dem Seminar eingeladen hast.
Du hast wirklich super Arbeit geleistet und beeindruckend viel gelernt. Du wirst mal eine tolle Anwältin sein.
EG
Sisters in Islam, 3. Stock
Praxis 2. Stock
Co-Working 1. Stock
Da wären wir.
Sisters in Islam
Interessenvertretung, Forschung, Outreach und Empowerment, Rechtsberatung

Assalamu aleikum, Schwester. Wir sind für das Seminar hier, „Gendergleichheit im Islam". Wir sind von der Kanzlei LegalEmpower.
Wa aleikum assalam, Schwestern. Das Team wartet im Konferenzraum auf euch.
Sisters in Islam
Gendergleichheit im Islam
3. Internationales Seminar
Amina Wadud
INSIDE THE GENDER JIHAD
WOMEN'S REFORM IN ISLAM
Die Ungleichheit der Gender im Islam wurzelt in den historisch männlich dominierten Interpretationen der Sure an-Nisā'.
„Oh Ihr Menschen! Achtet auf eure Pflicht gegenüber Allah, Der euch aus einem Nafs (Seele) erschaffen hat und daraus seinen Zawj (Partner). Und aus ihnen beiden entstanden eine Vielzahl von Männern und Frauen."
(4:1)

Die gängige Interpretation und, wie ich betonen will, Übersetzung, liest sich so:
„Oh ihr Menschen! Achtet auf Eure Pflicht gegenüber Allah, Der euch aus Adam erschaffen hat und daraus seine Gattin Eva. Und aus ihnen beiden entstanden eine Vielzahl von Männern und Frauen." (4:1)
Diese patriarchale Interpretation wirkt sich deutlich auf die Gendergleichheit im Islam aus.
INSIDE THE GENDER JIHAD
WOMEN'S REFORM IN ISLAM
I Der Mann ist Gottes erste Schöpfung, nicht die Frau, denn es wird geglaubt, dass die Frau aus dem Mann (Adam) erschaffen wurde, also nur eine Ableitung von ihm ist.
II Diese Frau wurde nicht bloß aus dem Mann, sondern auch für den Mann geschaffen. Somit sei ihre Existenz nur instrumental und nicht grundlegend wichtig.
Vielen Dank Prof. Wadud für den erhellenden Vortrag. Und danke, dass Sie das Thema der männlichen Dominanz bei Koran-Interpretationen angesprochen haben.

Aber ich habe trotzdem eine Frage zum Konzept der männlichen Autorität.
Steht der Koran Männern qiwama zu?
Sehr gute Frage! Da geht es um einen weiteren Koran-Vers, der durch männlich dominierte Interpretationen manipuliert oder beeinflusst wurde.
„Die Männer stehen in Verantwortung für die Frauen (qawwāmūna ʿalā) wegen dessen, womit Allah die einen von ihnen vor den anderen ausgezeichnet hat (faḍḍala) und weil sie von ihrem Besitz (für sie) ausgeben." (4:34)
Qiwama bezieht sich hier auf die Verantwortung des Mannes für seine Frau. Diese Verantwortung ist nur unter zwei Bedingungen gültig.
1. faḍḍala – Bevorzugung und 2. sie (die Ehemänner) unterstützen ihre Ehefrauen mit ihren eigenen Mitteln.

Bevorzugung (faḍḍala) kann nicht bedingungslos sein, denn der Koran sagt nicht: „... womit Allah sie (männlicher Plural) vor ihnen (weiblicher Plural) ausgezeichnet hat."
Er sagt: „... womit Allah die einen (ba'd = einige) vor den anderen (ba'd = andere) ausgezeichnet hat." Qawwāmūna ʿalā ist also der Schutz der Ehefrau, weil sie Mutter ist.
Und nicht weil sie Frau ist!
Also bezieht sich dieser Vers nur spezifisch auf die Ehe und eben nicht auf Geschwister- oder Vater-Tochter-Beziehungen, ...
... er betont auch noch die Verantwortung des Mannes gegenüber seiner Frau, nicht seine Überlegenheit?
Genau!
Um tiefer in das Thema Gendergleichheit in der Ehe einzutauchen, freue ich mich jetzt auf Prof. Ziba Mir-Hosseini.

Ziba
Mir-Hosseini
Men in Charge?
Rethinking Authority in Muslim Legal Tradition
Der Islam hat die Genderbeziehungen in den frühen Muslimischen Gemeinschaften durcheinandergewirbelt.
Frauen durften nun Verträge abschließen und handeln, eigenen Besitz haben und darüber verfügen.
Auch verheiratete Frauen?
Die Ehe hat darauf keinen Einfluss. Eine verheiratete Frau braucht keine Erlaubnis ihres Mannes, wenn es um ihr Eigentum geht.
Die Sure an-Nisā' betont auch das Recht von Frauen, zu arbeiten und einen Lebensunterhalt zu verdienen.
„Für die Männer wird es einen Anteil nach ihrem Verdienst geben, und für die Frauen wird es auch einen Anteil nach ihrem Verdienst geben."
(4:32)

Seminar „Gendergleichheit im Islam" – Notizen und Gedanken
Der Koran bestätigt, dass alle Menschen grundlegend gleich sind und dieselbe Herkunft haben.
Alle Menschen stammen also von einer einzelnen nafs (Seele) ab, eine Seele, die durch Gottes Atem in die Menschheit kam.
Das heißt auch, dass diese grundlegende Gleichheit aller göttlicher Wille ist und von keiner einzelnen Person eingeschränkt werden kann.
EG
Was für ein inspirierender Tag!

Das gewinnen wir sicherlich!
Herr Richter ...
Vergewaltigung in der Ehe
Gendergleichheit
Sorgerecht
Erbrecht

Feministischer Tafsir und feministischer Ijtihad

Quizfrage:
Welche Āya (Vers) wurde dem Propheten Mohammed als erste offenbart?

Antwort:
Die erste Āya, die dem Propheten offenbart wurde, findet sich wohl in der Sure *Al-'Alaq*:

„Lies im Namen deines Herrn, Der erschuf" (96:1)

Sehr deutlich betont der Koran das Recht, Wissen zu erlangen. Zu lesen und Informationen zu suchen, sind somit grundlegende Aspekte des islamischen Weltbildes. Der Koran ermutigt Gläubige unabhängig von ihrem Gender dazu, nach Wissen zu streben und dafür zu beten, dass es mehr und größer werden möge. Das Wort القرآن „Koran" kommt vom Verb *qara'a* „lesen", und die erste Botschaft des Koran fordert dazu auf, zu lesen. Alle Bezüge zu *'ilm* (Wissen) sind genderneutral. Das berühmte Gebet des Propheten „Oh Allah, gib mir Wissen darüber, wie die Dinge wirklich sind!" oder auch der Hadith „Strebt nach Wissen, wo es zu finden ist" vermitteln uns, dass Wissen nicht auf bestimmte Orte und Traditionen begrenzt ist.

Islamische Femin*istinnen treten für das Recht ein, durch **Ijtihad** den Koran selbst zu lesen und ihn auf unabhängige und kritische Weise zu begreifen. Sie bestehen auf die Freiheit, religiöse Texte zu deuten. Und sie wollen den Islam so ausüben, dass er Gleichheit und Respekt für alle bedeutet und Stimmen wahrnimmt, die bisher ausgegrenzt und zum Schweigen gebracht wurden. Indem sie feministischen **Tafsir** betreiben, interpretieren sie den Koran aus feministischer Perspektive und zeigen, dass er die Gleichbehandlung aller unabhängig von Gender unterstützt. Islamische Femin*istinnen glauben daran, dass der Koran grundlegende Prinzipien vermittelt, wie zum Beispiel die Gleichheit aller Menschen. Sie wollen sicherstellen, dass alle Muslimischen Menschen das Recht haben, sich frei zu äußern und entsprechend den Lehren des Koran Entscheidungen zu fällen und zu handeln.

Kapitel Sechs

Echos der Vergangenheit

In den Sommerferien.
Gib mir mal die Wasserwaage.
Hier, Papa.
Noch ein paar Jobs mehr und ich hab's geschafft.
RÜHR RÜHR
Kannst gar nicht abwarten, dass es losgeht, was?
Danke, Papa!
TOOLS
Sieht aus, als ob der Dichtungsring kaputt ist.
Ich glaube, du hast recht. Reichst du mir den Schraubendreher?
Funktioniert es, Papa?
KA-CHING
Ich liebe dich, Papa!

KAIRO
Wallah, ich hab' gerade an dich und die Gang gedacht.
Ja, ich warte gerade aufs Boarding. Ich bin alles Mögliche, nervös und aufgeregt und ich freu mich und bin traurig.
GATE 23A-D
Ich werd' euch so vermissen. Schön, dass du angerufen hast, Hamza!
Bis in ein paar Wochen. Tschüs!
Guten Flug.
PASS
Meine erste Reise ganz allein.
Queer African Reader. Sokari Ekine & Hakima Abbas
AIR EGYPT
Wow, endlich bin ich da! Das Abenteuer geht los!
AIR EGYPT

Die Pyramiden
von Gizeh
KLICK
Tahrir-Platz
Der Fluss Nil
Die Al-Azhar
Universität

NATIONAL MUSEUM
WOW! Wie krass!
Klick Klick
Wie gern ich ein Foto davon machen würde.
Guten Morgen, eine Karte bitte.
TICKETS
Sehr gern. Bitte geben Sie ihre Kamera und ihr Handy an der Garderobe ab.
Unglaublich, wie gut die erhalten ist.
ANCIENT HISTORY
Antike Geschichte
MODERN HISTORY
Moderne Geschichte
Al-Fatat—Arab Frauen Magazin, 19. Jahrhundert

Heute
Jahr 1893

Al Fatat
?!?
Revolution der Frauen
Das gütige Geschlecht
Das Recht auf eine Stimme
Ägypten, 1893
Was ist hier los?
Schnell! Alle Ordner in die Kiste. Wir müssen so viel wie möglich retten.
Entschuldigung!
Was passiert hier?
Bescheid: Al Fatat hat bis März 1894 zu schließen

Nur Lesen und Schreiben? Und nach der Grundschule sollen wir uns auf Nähen und Sticken konzentrieren? Wie soll ich meine Schülerinnen ermutigen, sich weiterzubilden?
Zugang zu Bildung einschränken
Mein Artikel wurde abgelehnt! Die sagen, wir stören die öffentliche Ordnung! Wir dürfen nicht demonstrieren oder unsere Meinung sagen!
Die Teilhabe von Frauen am öffentlichen Leben einschränken
VOTES FOR WOMEN
Und Lord Cromer führt Gesetze ein, die Männern noch mehr Privilegien in Ehe, Scheidung, Sorgerecht und Erbrecht geben.
Frauenrechte untergraben

!?!
Lord Cromer – den Namen hab' ich doch schon mal gehört.
?!
Wurde der nicht aus England geschickt, um „Muslimische Frauen zu retten", obwohl er sich dort auch gegen das Frauenwahlrecht engagiert hat?
ICH?
VOTES FOR WOMEN
Wer bist du und was machst du hier?
Hi, ich bin Mariama. Ich wollte nicht stören. Aber ihr seht alle so hektisch aus?
Und ich hab' gehört, dass ihr über Lord Cromer sprecht. Was ist los? Müsst ihr das Magazin einstellen?
Ich versuche mal, das zu erklären.
Es geht hier um den Einfluss des Kolonialismus auf ägyptische Frauen, auf unseren Alltag und unsere Freiheiten.

Frauen schreiben Artikel, verschaffen ihrer Stimme Gehör.
Evelyn Baring, Ist Earl of Cromer (1841-1917) Britischer Staatsmann und Kolonialverwalter, Generalkonsul in Ägypten
Diesbezüglich müssen wir einige Budgeteinschitte besprechen.
VOTES FOR
Es reicht, wenn sie Lesen und Schreiben können, und sie ...
.... sollen auch die Fähigkeiten erlernen, die sie später als Ehefrauen benötigen.
Sie gehen zur Schule, sie studieren und tun sich zusammen.
Frauen dürfen nicht auf diese Weise am öffentlichen Leben teilnehmen. Das stört die soziale Ordnung.

Da siehst du also, die Briten sagen, dass sie uns „Zivilisation" und „Freiheit" geben wollen.
PFF
VOTES FOR WOMEN
Aber was tun sie wirklich? Sie arbeiten mit einem kleinen Teil der ägyptischen Elite zusammen, um die koloniale Kontrolle und die Ungleichheit der Geschlechter aufrechtzuerhalten.
Cromers Frauenhass und seine heuchlerische Haltung sind widerlich. Er kämpft für die Rechte ägyptischer Frauen – dass ich nicht lache!
Wusstest du, dass er der Präsident einer Gesellschaft ist, die sich gegen das Frauenwahlrecht einsetzt?

Wir haben unermüdlich gekämpft – für Bildung, für politische Repräsentation, für so vieles.
VOTES FOR WOMEN
Gemeinsam mit einigen wunderbaren Männern, das muss ich schon sagen!
Die britische Politik hat die Gesellschaft und Kultur in Ägypten verändert, sodass die Leute hier nun bei dem mitmachen, was die in England für so überlegen halten.
Das hat uns entmenschlicht. Und ägyptische Frauen sind gleich mehrfach außen vor, wegen unserer Rassifizierung, unserem Glauben und unserem Geschlecht.

Wow, das war wohl ein Tagtraum!
Puh! Ich bin fertig! Ich brauch 'ne Pause.
NAL MUSEUM
Klick
UFF
Klick

Ich gehe am 25. Januar dorthin.
Fürchtet euch nicht vor der Regierung, fürchtet nur Gott! Gott sagt uns:
„Wahrlich, Allah ändert nicht den Zustand eines Volkes, bis sie nicht das ändern, was in ihnen selber ist." (13:11)
Glaube nicht, dass du noch sicher bist! Kein Mensch ist sicher! Komm mit uns, fordere deine Rechte ein, meine Rechte, die Rechte deiner Familie.

Klick
Husni Mubarak
Western Leader
Western Leader
Wie bekommen wir das wieder unter Kontrolle?
Wir haben wirtschaftliche Unterstützung geschickt, und militärische.
Klick
Reiseblog

http:mariamasjourney.tumblr.com

Mariamas
Reise-Blog

Reflektionen meiner Reise in den globalen Süden

In den globalen Süden zu reisen, hat mir gezeigt, dass der europäische Kolonialismus immer noch die Gender-Machtverhältnisse in den ehemals kolonisierten Ländern beeinflusst. Egal ob es die kolonisierten Eliten waren oder die westlichen Koloni*stinnen, dem Patriarchat ging es dank ihnen sehr gut. Können wir überhaupt über Genderthemen und Frauenrechte in Muslimischen Ländern sprechen, ohne auch über Kolonialismus zu sprechen?

Ich denke nicht.

Uns sollte bewusst sein, dass westliche Mächte auch heute noch viele andere Länder fest im Griff haben. Deswegen scheinen viele Kämpfe, wie der Kampf der Frauen, sich zu wiederholen. Die Strukturen des Kolonialismus bestehen weiterhin.

Das Patriarchat

Das Wort *Patriarchat* stammt vom altgriechischen *patér* „Vater" und *archḗs* „Oberhaupt". Es beschreibt ein seit Langem bestehendes Gesellschaftssystem, in dem vor allem Männer Machtpositionen und Privilegien in verschiedenen Bereichen innehaben: zum Beispiel zu Hause, in Firmen und in Regierungen. Dieses System verstärkt die Wahrnehmung, dass Männer wichtiger oder zuverlässiger seien als Frauen. Doch es ist wichtig zu erkennen, dass nicht alle Menschen in diese binären Rollen passen und dass auch Menschen außerhalb dieser Rollen unter dem Patriarchat leiden. Das Patriarchat ist nicht nur ein abstraktes System. Es schafft ungleiche Gesetze und soziale Strukturen, die sicherstellen, dass Männer dominant bleiben, indem sie mehr Rechte und Chancen bekommen. Frauen und andere ausgegrenzte Gruppen werden hingegen eingeschränkt. Das steht letztlich der Gleichberechtigung im Wege. Soziale Strukturen, dazu zählen Traditionen und was Menschen voneinander erwarten, zementieren Vorstellungen männlicher Dominanz. So wird das Patriarchat auf eine Weise aufrechterhalten, die sehr schwer zu durchschauen ist. Doch wir müssen verstehen, dass sich all das verändern kann. Gemeinsam können Menschen Gesetze und Strukturen hinterfragen und eine gleichere und gerechte Gesellschaft aufbauen.

Das Patriarchat trägt viele Masken!

Unterschiedliche Gesellschaften haben auch unterschiedliche Traditionen, Glaubenssysteme und Machtstrukturen. Sie beeinflussen, wie das Patriarchat sich zeigt. Um es zu bekämpfen und zu verändern, müssen wir verstehen, wie es funktioniert und wodurch es getragen wird.
In vielen Kulturen wird die Biologie als zentraler Baustein des Patriarchats genutzt. Es wird gesagt, dass biologische Unterschiede rechtfertigen, dass Frauen untergeordnete Rollen hätten. Simone de Beauvoir, eine berühmte französische Feministin, widerspricht dem in ihrem Buch *Das andere Geschlecht*. Sie sagt, dass Menschen nicht als Frau geboren würden, sondern dass sie dazu gemacht würden. Damit meint sie, dass eine Frau zu sein, nicht nur mit Biologie zu tun hat, sondern vielmehr etwas ist, was die Gesellschaft uns beibringt. Beauvoir war dagegen, mit biologischen Unterschieden zu begründen, dass Frauen ungerecht behandelt werden. Sie stand ein für gleiche Rechte und Möglichkeiten.

Simone de Beauvoir leugnet biologische Unterschiede nicht vollständig. Sie kritisiert vor allem, wie sie angewendet werden. Doch islamische Feminis*tinnen bieten eine eigene Perspektive:
Amina Wadud, eine Schwarze us-amerikanische Islamwissenschaftlerin, glaubt nicht, dass Genderungleichheit an biologische Unterschiede geknüpft sei oder dass der Koran solche biologischen Unterscheidungen fordere. Den Grund dafür, dass Frauen in einigen islamischen Gesellschaften unterdrückt werden, sieht sie stattdessen darin, wie der Koran bisher ausgelegt wurde. Damit betont sie, wie wichtig die Interpretation von Texten für gesellschaftliche Normen sei. Wadud vertritt die Meinung, dass einige Menschen den Koran falsch verstünden und ihn nutzten, um zu rechtfertigen, dass sie Frauen ungleich behandelten.
Dass sie eine Frau sei, so Wadud, mache sie nicht weniger fähig, eine *khalifah* (ein Staatsoberhaupt oder die Anführerin einer Community) zu sein. Sie glaubt, dass Frauen ebenso wirkungsvoll oder handlungsstark wie Männer seien und dass ihnen diese Stärke von Gott gegeben worden sei.

Kapitel Sieben

Grenzen durchbrechen

Lass uns durch den Park abkürzen.
Yalla! Du weißt doch, wie sauer sie wird, wenn sie warten muss.
Fast pünktlich.
Tack
GALE
GALERIE
Endlich, ihr beiden!
Sorry habibli! Meine Schuld!
Sag' ich doch!
Yalla, lass uns die Karten holen.
Boom

Hi, einmal für uns drei.
Stark wie immer: Muslimische Frauen durchbrechen Grenzen
Schön, dass ihr dabei seid! Ich hab' die Vernissage letzte Woche verpasst, musste bei LegalEmpower länger arbeiten.
Ja! Endlich mal eine Ausstellung von Muslimischen Künst*lerinnen, und auch noch von einer Muslimischen Frau organisiert.
Schade, dass Amari nicht da ist. Naja, lasst uns mal sehen, was ihr tollen Frauen so drauf habt!
INFO DESK
Okay, also es gibt Werke von verschiedenen Künst*lerinnen, und alle kommen woanders her.
Genau! Und alle befassen sich mit den Themen Identität und Zugehörigkeit. Lasst uns mal hier anfangen.

Stark wie immer:
Muslimische Frauen
durchbrechen Grenzen

⟶

Ausstellungsräume

Helen Zughaib**
—
Changing Perceptions
Interessant! Helen Zughaib ist eigentlich eine libanesische Christin. Nach 9/11 hat sie miterlebt, wie die Abaya* zum Symbol für unterdrückte Muslimische Frauen gemacht wurde. Darum hat sie mit diesen Arbeiten angefangen.
**
Das hier sieht aus wie ein Mondrian!
Abaya Mondrian, 15x20"
Gouache on board, 2008
Ja, richtig! Die Künstlerin wollte die schwarze Abaya Elementen westlicher Künst*lerinnen entgegenstellen, zum Beispiel Mondrian.
The Red Veil, 15x20"
Gouache on board, 2010
Also vermischt sie „Westliches" und „Östliches"?
Ja! Es fühlt sich oft an, als ob wir uns entscheiden müssen. Als ob beides gleichzeitig nicht geht.

* **Abaya**: ein langärmeligen, locker sitzendes Kleidungsstück, dass den ganzen Körper bedeckt und traditionell von Männern und Frauen getragen wird.

* Alle Kunstwerke auf dieser Doppelseite: © Soufeina Hamed, www.tuffix.net

Halte durch, habibti! Sie werden dich retten! Ha ha ha
Hang in there! We will free you!
GAH! No!
OMG! Warum sind weiße Frauen so fixiert auf meinen Hijab? Ich trag den einfach sehr gern. Manche weiße Femi*nistinnen kapieren das einfach nicht. Die verstehen nicht, dass wir religiös und feministisch sein können!
So wie in deinem Referat, Mariama. Alle tun so, als sei der Islam die einzige patriarchale Religion. Als hätten christliche oder „sekulare" Deutsche das Patriarchat abgeschafft.
Fühlt ihr euch wirklich so?
WAS SOLL'S? DU WIRST ES EH NIE ALLEN RECHT MACHEN.
"HM, KOPFTUCH. ZU FUNDAMENTALISTISCH."
"HM, JEANS. ZU LIBERAL."
Es ist schwierig, Hamza. Rassismus von Außenstehenden, die denken, sie wissen es besser. Und dann Machtkämpfe über Gender in der eigenen Community. Egal wohin wir schauen, überall nur Ärger.
Total. Als Muslimische Frau mit Hijab kriegen wir die doppelte Ladung Patriarchat – von unserer eigenen Community und von der deutschen Mehrheitsgesellschaft. Im Ernst, warum sind alle so besessen davon, was wir tragen?

Usarae Gul*

—

Beyond Faith

* Alle Kunstwerke auf dieser Doppelseite: © Usarae Gul, @Usarae_Gul

***

* Afghancuisine.
** My Unglish Parents
*** Sweet shop.

ALLHAMDU*

—

Muslim Futurism

Saba Taj
Prayer is better than sleep, 2016

MIPSTERZ
Tapestry of Muslim Futures, 2022

* Alle Kunstwerke auf dieser Doppelseite: ALHAMDU, www.muslimfuturism.com

Sieht aus, als ob sie mich direkt anstarrt!
Roya
Interessant! Sozusagen umgedrehter Orientalismus.
Die Frau hinterfragt koloniale Fantasien über Muslimische Frauen und starrt zurück. Sie will, dass die Kolonisierenden für ihre Gräueltaten geradestehen.
Roya Ahmadi
Imagining Ardabil, 2020
Ich find's so schön, wie die Frauen einander hier unterstützen. Das ist echte Sisterhood, zusammen gegen die Unterdrückung.
MIPSTERZ
Somewhere in America, 2013

ALLHAMDU

—

Muslim Futurism

Hisham Bharoocha
ONE, 2022

samira idroos
the force is female,
2020

ALLHAMDU

—

Muslim Futurism

Yasmeen Abedifard
Caliphate, 2022

Sara Alfageeh
The call, 2022

Die Ausstellung war großartig! Wie sie das immergleiche Bild von Muslimischen Frauen aufbricht und so vielfältige Perspektiven zeigt.
GALERIE CAFÉ
Ehrlich gesagt, ich hab' noch nie bewusst die Dinge aus eurem Blickwinkel gesehen. Ich dachte, Muslimische Menschen in Deutschland erleben alle so etwa dasselbe.
Ich hab' über so ein Konzept gelesen, das hilft zu verstehen, wie komplex unsere Erfahrungen sind. Intersektionalität.
Und was ist das?
xenophobia
racism
heterosexism
sexism
ableism
classism
Homophobia
Transphobia
Unsere verschiedenen Identitäten überschneiden sich und das führt dazu, dass alle ganz eigene Erfahrungen mit Diskriminierung machen.
Stell dir Intersektionalität als Landkarte mit mehreren Straßen vor. Jede Straße steht für einen Aspekt deiner Identität, also Gender, Rassifizierung, soziale Schicht. Und wo sich die Straßen überschneiden, da vermischen sich diese Aspekte auf einzigartige Weise.
Genau! Und wir können noch Religion hinzufügen. Ich erleb' ja nicht den einen Tag nur Sexismus und den nächsten nur Rassismus. Als Muslimische Frau erlebe ich beides auf einzigartige Weise jeden Tag.

Also hilft Intersektionalität zu verstehen, wie herausfordernd und komplex das Leben für Muslimische Frauen ist.
GALERI
Ja! Dann zeigt sich zum Beispiel, warum das sogenannte „Neutralitätsgebot" für Muslimische Frauen diskriminierend ist.
KOPFTUCH VERBOT
Im Namen des „Sekularismus" darf ich keine Lehrerin, Anwältin, Polizistin oder Richterin sein.
So wollen die mich also „befreien"? Indem sie mich bei der freien Jobwahl einschränken und mir meine finanzielle Unabhängigkeit nehmen?
#GEGEN BERUFS VERBOT
Es gibt eine coole Gruppe von Organisationen und Leuten, die gegen dieses Gesetz vorgehen wollen. Das ist ja einfach ein „Berufsverbot".
Lasst uns das mal wieder machen, Leute!
Ja, und nächstes Mal geht es dann um Kunst von Muslimischen Männern!
GA

Intersektionalität

Das Konzept Intersektionalität der Juraprofessorin Kimberlé Crenshaw hilft uns zu verstehen, wie verschiedene Formen von Diskriminierung sich überschneiden und das Leben von Menschen beeinflussen. Stell dir eine Straßenkreuzung vor (auf Englisch *intersection*, daher stammt der Begriff Intersektionalität). Jede Straße steht für einen bestimmten Aspekt unserer Identitäten — Gender, Rassifizierung, soziale Schicht und so weiter. Diese Straßen führen zu unseren unterschiedlichen Erfahrungen und Herausforderungen, und jede hat ihre eigenen Regeln, die für verschiedene Formen von Diskriminierung stehen.

Intersektionalität erinnert uns daran, diese Kreuzungen oder Schnittstellen zu bedenken: Viele Menschen erleben nicht nur eine Art der Diskriminierung, zum Beispiel wenn sie Frauen mit einer BeHinderung sind oder queer und Muslimisch. So wie es auf Straßenkreuzungen chaotisch zugehen kann, so können auch die Schnittstellen von Identitäten kompliziert sein. Mit diesem Wissen können wir komplexe diskriminierende Systeme herausfordern, um eine gerechtere Gesellschaft für alle zu schaffen.

Intersektionaler islamischer Feminismus sagt, dass wir verstehen müssten, wie sich verschiedene Identitäten im Islam überschneiden. Es gibt nicht die eine richtige Weise, Muslimisch zu sein. Und es gibt auch in Muslimischen Communitys Ungleichheiten und Machtunterschiede, um die wir uns kümmern müssen, wenn wir eine gerechte Gesellschaft schaffen wollen.

Wenn wir unsere Identität erkunden, begeben wir uns auf eine lange Reise. Indem wir verstehen, wie Identitäten entstehen, verstehen wir uns selbst und andere besser. Denk dran: Die Identität jeder Person ist einzigartig und vielfältig. Es ist sehr wichtig, dass wir die unterschiedlichen Erfahrungen und Probleme, die mit verschiedenen Aspekten der Identität einhergehen, respektieren und wertschätzen.

Kapitel Acht

Stimme aus der Stille: Ein queerer Muslimischer Dialog

Nicht mal eine halbe Stunde, dann fängt das Webinar an. Mirza, hast du geschaut, ob alles läuft?
Ja. Läuft alles!
PRIDE
Wir haben da echt so viel Arbeit reingesteckt seit dem letzten Queer Muslim_a* Workshop.
Guck mal! Wir haben jetzt über 50 Anmeldungen!
PRIDE
Der hat echt gezeigt, wie sehr wir diese Räume und Gespräche brauchen.
Total! Ich bin so froh, dass wir diese Plattform schaffen konnten.
Gleich geht's los. Ich drücke uns die Daumen!
Und die Red*nerinnen sind die Sahnehaube!
DRÜCK

Webinar: Islam, Muslimische Menschen und LGBTIAQ*-Inklusion
Bitte warten.
Ihr Host eröffnet gleich das Meeting.
Guten Tag, assalamu aleikum und willkommen zum Webinar.
Amari
Farah
Loom
Ich bin Amari, keine Pronomen, und ich freu mich, euch willkommen zu heißen.
Amari
Farah
Loom
Dieses Webinar ist das Resultat der tollen Workshops, die die Gruppe Queer Muslim_a*ausgerichtet hat.
Amari
Wir haben mit euch unglaublich mutige Diskussionen geführt.
Amari
Und diese offenen Gespräche zeigen uns, wie divers unsere Perspektiven sind und auf welch einzigartige Weisen wir uns mit dem Islam verbinden.
Amari
Farah

Meeting-Chat
Hallo zusammen!
Assalamu aleikum, danke, dass ihr das organisiert.
Hi, schön hier zu sein mit euch allen. Grüße aus Kanada.
An: Alle
Einige von uns erleben den Islam sehr positiv, und andere haben in Verbindung mit ihm Traumatisches erlebt.
Was wir erkannt haben, ist, dass „Queer" und „Muslim_a*" ein breites Spektrum an Erfahrungen umfasst.
Und in diesen Erfahrungen steckt so viel wertvolles Wissen.
Meeting-Chat
Hi, Ich komme aus dem Jemen. Schön hier zu sein. Ihr seid die besten @QueerMuslim_a*
Hallo zusammen!

Wir haben entschieden, mit diesem Webinar eine Plattform zu schaffen, um Wissen zu teilen und voneinander zu lernen.
Es geht uns heute also darum, ein offenes Gespräch zu führen, das uns hilft, die komplizierten Verbindungen zwischen Islam, Sexualität und LGBTIAQ*-Identitäten zu verstehen.
Und so ein Gespräch ist heutzutage besonders wichtig, da Rassismus und Islamfeindlichkeit so an Fahrt aufnehmen.
Es ist wirklich großartig, so viele Teilnehm*erinnen aus der ganzen Welt dabei zu haben. Der Chat ist offen, stellt euch gern vor, erzählt, woher ihr kommt, wie ihr mögt.
Helin möchte am Meeting teilnehmen.
✓Annehmen
x Ablehnen
Ich finde es so toll, dass ihr alle heute dabei seid. Lasst uns in eine packende und inspirierende Diskussion einsteigen.

Loom
Und jetzt freue ich mich darauf, direkt unseren ersten Gastredner vorzustellen: Imam Muhsin Hendricks.
Muhsin Hendricks ist islamischer Gelehrter und Imam, und er setzt sich für Menschenrechte ein, mit besonderem Fokus auf Gender und sexuelle Vielfalt im Islam.
Schön, dass du heute bei uns bist.
Danke für die Einladung, Amari. Es ist mir eine Ehre, mit euch allen hier zu sein.
Du giltst als der erste offen schwule Imam. Und vor einigen Jahren hast du Südafrikas erste LGBTIAQ*-freundliche Moschee geschaffen. Magst du davon berichten?
Ich wollte Imam werden, damit ich den Islam und den Koran selbst studieren kann.
Mein Ziel war zu verstehen, was Gott wirklich von Homosexualität hält.

Was ja spannend ist, ist, dass der Begriff „Homosexualität" gar nicht im Koran auftaucht.
Amari
Muhsin Hendricks.
Loom
Es wird aber von Männern berichtet, die sich nicht zu Frauen hingezogen fühlen. Der Koran erkennt also an, dass es Menschen gibt, die nicht heterosexuell sind!
Dass Homosexualität so verurteilt wird, liegt vor allem an der Geschichte über das Volk von Lot.
Doch wenn wir den Kontext dieser Geschichte genauer untersuchen, dann zeigt sich, dass der gleichgeschlechtliche Sex unter Zwang stattfand.
Männer haben Männer vergewaltigt.

Das können wir nicht gleichsetzen mit zwei Menschen des gleichen Geschlechts, die einander lieben.
Danke, dass du das betonst. Das ist ein wichtiger Aspekt in der Diskussion. LIEBE!
Du hast auch zwei Dokumentationen dazu gedreht.
Amari
Muhsin Hendricks
THE RADICAL
A GAY IMAM'S CHOICE OF FAITH OVER FEAR
Festival Selection 2022
WICKEDQUEER
OUT FILM FEST
In „The Radical" erzähle ich von meiner persönlichen Reise als offen schwuler Imam. Ich zeige die Kämpfe und Herausforderungen, und schließlich, wie ich meine Identität in der Muslimischen Community akzeptiere.

Teilen
A JIHAD FOR LOVE
„Jihad for Love" erkundet die versteckten Leben von LGBTIAQ*-Menschen in mehrheitlich Muslimischen Ländern. Der Film beleuchtet das Stigma, queer und Muslimisch zu sein, und zeigt, wie herausfordernd es sein kann, diese Identitäten mit den Lehren des Islam und kulturellen Normen zu vereinen.
Und darum hast du The Inner Circle gegründet?
The Inner Circle
The Inner Circle
Unsere Mission
Eine weltweite Muslimische Community, frei von Diskriminierung aufgrund von Religion, sexueller Orientierung und Genderidentität
Wir wollen eine weltweite inklusive Muslimische Community schaffen, die nicht wegen Religion, sexueller Orientierung und Genderidentität diskriminiert. So wollen wir marginalisierten Muslimischen Menschen helfen.
Vielen Dank, Imam Muhsin! Das ist eine gute Überleitung zu unserer nächsten Gästin. Jetzt vertiefen wir das wichtige Thema Marginalisierung noch etwas.

Amari
Von Südafrika geht's in den Libanon. Ich freue mich, dass Leyl heute bei uns ist. Leyl, magst du uns Helem vorstellen?
HELEM
I woke up like this And FLAWLESS
Willkommen auf der neuen digitalen Plattform von Helem!
Eine Online-Ressource für Informationen und Aktivismus für queere Rechte und Befreiung im Libanon, der arabischen Welt und in Nordafrika.
Amari, danke, dass ihr Helem zu dieser Diskussion eingeladen habt.
Amari
Leyl
Helem ist die erste Organisation für LGBTIAQ*-Rechte in der arabischen Welt.
Wir setzen uns ein für LGBTIAQ*-Menschen und andere Menschen mit nichtkonformen Sexualitäten und/oder Genderidentitäten im Libanon, im arabischen Raum und in Nordafrika.
HELEM
مرحبًا بك في منصّتنا

Amari
Leyl, ich habe mich mit eurer großartigen Arbeit befasst und ich bewundere euren Einsatz für marginalisierte Gruppen.
Aber wie geht ihr eigentlich damit um, wenn Religion mit ins Spiel kommt?
Amari
Eine sehr gute Frage! Wir haben uns zum Beispiel ganz genau angeschaut, wie Regierungen mit religiösen Anführ*erinnen zusammenarbeiten, um bestimmte Menschen auszugrenzen.
Wir haben die Kampagne „Homofeindlichkeit ist Terrorismus" gestartet.
Homofeindlichkeit ist Terrorismus
Helem verurteilt LGBTIAQ*-feindliche Rhetorik und Angriffe auf LGBTIAQ*-Gruppen durch religiose Anführ*erinnen im Libanon, also auch durch Dar el Fatwa, den Rat Islamischer Gelehrter und das Catholic Media Center.

Die Kampagne hebt hervor, dass sich unser Existenzkampf als LGBTIAQ*-Community mit den Kämpfen vieler andere Gruppen im Libanon überschneidet.
MEETING-CHAT
Ich komme aus dem Libanon und ich erlebe, wie die Regierung all ihre repressiven Methoden anwendet, um uns abzulenken und gegeneinander aufzustacheln.
...
Sie hat viele Menschen im Libanon überzeugt, dass die syrischen Geflüchteten der Grund für den wirtschaftlichen Kollaps sind und dass die Lösung ist, sie zu deportieren.
Indem sie also den verletzlichsten Menschen die Schuld geben, migrantischen Arbeit*erinnen, syrischen Geflüchteten, wollen sie den Anschein erwecken, ihr Scheitern sei eigentlich ein Erfolg?
Und mit dieser Politik erleben wir ja, wie religiöse Anführ*erinnen und extremistische Gruppen den Hass auf die libanesische LGBTIAQ*-Community angeheizt haben.
MEETING-CHAT
ihre repressiven Methoden anwendet, um uns abzulenken und gegeneinander aufzustacheln.
Das passiert überall. Die Diskussionen über Menschenrechte werden von Staat und Religionsführ*erinnen manipuliert, um verschiedene Gruppen auszugrenzen.

Ich sehe im Chat, dass unsere Teilnehm*erinnen sich in dem wiedererkennen, was du erzählst, Leyl.
Wenn es um den Staat und religiöse Institutionen geht, müssen wir unbedingt die zugrunde liegenden Strukturen begreifen.
Um tiefer in das Thema einzutauchen, freue ich mich nun unsere nächste Gästin vorzustellen. Jasbir Puar ist Professorin für Frauenforschung und Gender Studies an der Rutgers University.
Amari
Jasbir
Loom
Jasbir, es ist eine Freude, dass du heute hier bist.
Danke dir, Amari, für die Einladung!
Jasbir
Loom

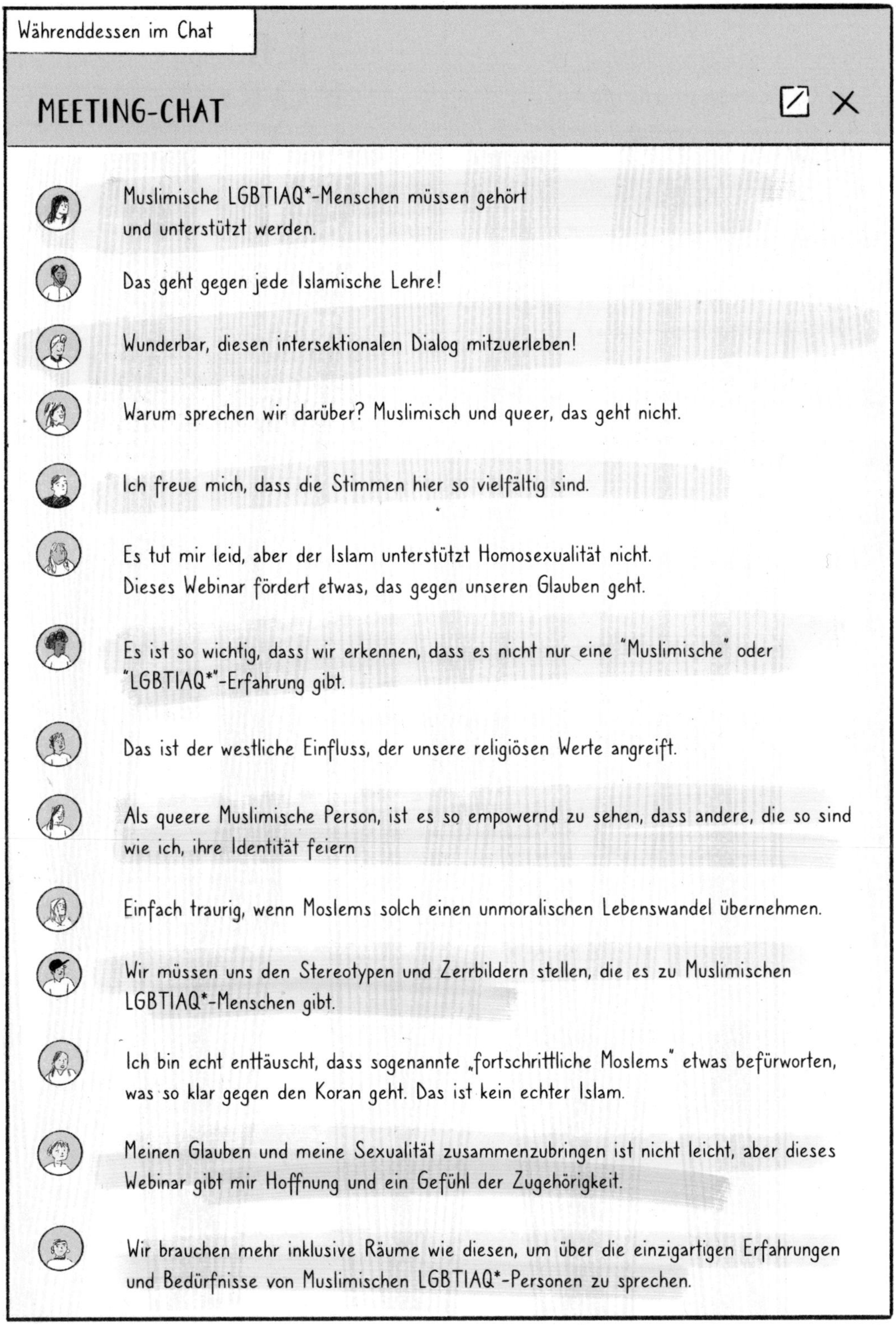
Währenddessen im Chat
MEETING-CHAT
Muslimische LGBTIAQ*-Menschen müssen gehört und unterstützt werden.
Das geht gegen jede Islamische Lehre!
Wunderbar, diesen intersektionalen Dialog mitzuerleben!
Warum sprechen wir darüber? Muslimisch und queer, das geht nicht.
Ich freue mich, dass die Stimmen hier so vielfältig sind.
Es tut mir leid, aber der Islam unterstützt Homosexualität nicht. Dieses Webinar fördert etwas, das gegen unseren Glauben geht.
Es ist so wichtig, dass wir erkennen, dass es nicht nur eine "Muslimische" oder "LGBTIAQ*"-Erfahrung gibt.
Das ist der westliche Einfluss, der unsere religiösen Werte angreift.
Als queere Muslimische Person, ist es so empowernd zu sehen, dass andere, die so sind wie ich, ihre Identität feiern
Einfach traurig, wenn Moslems solch einen unmoralischen Lebenswandel übernehmen.
Wir müssen uns den Stereotypen und Zerrbildern stellen, die es zu Muslimischen LGBTIAQ*-Menschen gibt.
Ich bin echt enttäuscht, dass sogenannte „fortschrittliche Moslems" etwas befürworten, was so klar gegen den Koran geht. Das ist kein echter Islam.
Meinen Glauben und meine Sexualität zusammenzubringen ist nicht leicht, aber dieses Webinar gibt mir Hoffnung und ein Gefühl der Zugehörigkeit.
Wir brauchen mehr inklusive Räume wie diesen, um über die einzigartigen Erfahrungen und Bedürfnisse von Muslimischen LGBTIAQ*-Personen zu sprechen.

Jasbir, du hast ja auch gerade von Helems Kampagne gehört und wie die Regierung sie manipuliert.
Amari
Jasbir
Loom
TER-ROR-IST AS-SEM-BLA-GES
homonationalism in queer times
JASBIR K. PUAR
TENTH ANNIVERSARY EXPANDED EDITION
In deinem Buch besprichst du das Konzept Homonationalismus. Hilft uns das Konzept zu verstehen, was in der arabischen Welt und in Nordafrika geschieht?
Eine spannende Frage. In meinem Buch erkunde ich ja, wie westliche Regierungen LGBTIAQ*-Rechte nutzen, um ihre eigenen Interessen voranzubringen.
Sie verwandeln die LGBTIAQ*-Community in ein Symbol für den Fortschritt, um die nationale Identität zu stärken. Als würden sie den Fokus weg von den eigenen Problemen und Ungerechtigkeiten lenken wollen.

Aber ja, das Konzept trifft nicht nur auf den Westen zu. Wir können damit auch verstehen, was zum Beispiel im Libanon geschieht.
Auch dort nutzen sie Homonationalismus. Ein großes Wort, aber eigentlich geht es darum, wie sich LGBTIAQ*-Forderungen mit Nationalismus und Rassismus verheddern.
Loom
Die Mächtigen schieben die Schuld auf marginalisierte Gruppen. So lenken sie von ihrem eigenen Scheitern ab, von politischen und wirtschaftlichen Krisen. Das ist emotionale Manipulation, Nationalismus wird als Mittel der Kontrolle genutzt.
Amari
Jasbir
Loom
Deine Erkenntnisse zur Verbindung zwischen Sexualität, Nationalismus uns Staatsmacht sind sehr aufschlussreich. Danke, Jasbir!
Wenden wir uns jetzt den Erfahrungen von LGBTIAQ*-Menschen zu.
Amari
Jasbir
Loom

Herzlich Willkommen, Fatima el Tayeb, Professorin für Afroamerikanische Literatur und Kultur. Wir freuen uns sehr, dich dabei zu haben.
Amari
Fatima el Tayeb
Zoom
Danke, Amari! Ich bin sehr froh, Teil dieser Diskussion zu sein.
Fatima el Tayeb
Du erkundest, wie BIPoC mit ihren Identitäten zurechtkommen, ihren Platz in der Gesellschaft finden und sich für ihre Rechte einsetzen.
Fatima, deine Arbeit befasst sich mit Menschen mit vielfältigen rassifizierten und ethnischen Hintergründen in Europa.
Erzähl doch etwas mehr über deine Forschung.

Fatima El-Tayeb
Anders Europäisch
Rassismus, Identität und Widerstand im vereinten Europa
UNRAST
Mit „Anders Europäisch" wollte ich die Erfahrungen der Menschen beleuchten, die nicht in traditionelle europäische Schubladen passen.
Durch ihre Geschichten möchte ich die Aufmerksamkeit auf die Vielfalt lenken, die oft übersehen und marginalisiert wird, wenn wir „Europa" denken.
Mein Fokus lag auf ihrem einzigartigen Weg – Probleme mit Identität und Zugehörigkeit, und der Kampf, in Europa als gleichwertig anerkannt zu werden.
Danke, Fatima. Deine Einblicke sind wirklich fesselnd! Und jetzt setzen wir uns mal mit dieser Frage auseinander:
Was bedeutet es, europäisch zu sein? Und noch spannender: europäisch und Muslimisch?

Um uns zu helfen, diese Frage zu beantworten, freue ich mich auf unseren letzten Gast, Dino Suhonic, den Direktor von Maruf.
Amari
Hi Amari. Danke, dass ihr dieses großartige Panel organisiert habt.
Loom
Dino, erzähl uns etwas über Maruf.
Dino Suhonic
maruf
Queer Muslim
Über Maruf
Projekte
News
Internationale Plattform für queere Muslimische Menschen
Wir empowern queere Muslimische Menschen, indem wir die konventionelle europäische Identität hinterfragen und neu definieren. Und dabei setzen wir uns für eine inklusivere und offenere Gesellschaft ein.
Ganz ähnlich wie Fatima wollen wir bei Maruf die vielfältigen Erfahrungen von Menschen beleuchten, die nicht in die traditionelle europäische Identität passen.

WOW! Ich bin sprachlos! Danke an auch alle für dieses wunderbare Gespräch!
Wir haben heute so viel von unglaublichen Menschen gehört – Imam Muhsin Hendricks, Leyl von Helem, Jasbir Puar, Fatima El-Tayeb und Dino Suhonic von Maruf.
Zusammen haben sie uns heute die vielfältigen Erfahrungen von Muslimischen LGBTIAQ*-Menschen nähergebracht, Stereotype hinterfragt und neu definiert, was es heißt, Muslimisch, queer und europäisch zu sein.
Danke, dass ihr alle dabei wart! Danke für eure Kommentare und dass ihr aus eurem eigenen Leben berichtet habt.
Denkt daran, ihr seid nicht allein. Es gibt viele Support-Gruppen und Initiativen, die euch helfen können. Traut euch, mit ihnen in Kontakt zu treten.

Queerfeminismus und Homonationalismus

Queerfeminismus, auch Queer-Theorie oder Queer Studies genannt, befasst sich mit der Schnittstelle von Gender, sexueller Orientierung und weiteren sozialen Identitäten. Er hinterfragt binäre Gendervorstellungen ebenso wie traditionelle Ansichten zu sexueller und romantischer Anziehung. Queerfemin*istinnen sagen, dass Gender „fluide" sei, also „fließend". Menschen müssen sich also nicht festlegen, nur männlich oder weiblich zu sein. Ebenso wenig müssen Menschen sich nur vom binär gedachten „gegensätzlichen" Gender angezogen fühlen. Queerfeminismus will einen liebe- und respektvollen Umgang mit allen Menschen. Wenn wir die Lehren des islamischen Feminismus erkunden, zeigen sich Parallelen zum Queerfeminismus: Beide fordern das Patriarchat heraus und stehen für ein nicht diskriminierendes Verständnis von Gender und sexueller Orientierung.

Erinnern wir uns an das Konzept Homonationalismus von Jasbir K. Puar, einer us-amerikanischen queerfeministischen Wissenschaftlerin. Puar untersucht, wie „homo" und „Nationalismus" miteinander verknüpft sind. Sie sagt, dass manche westliche Regierungen LGBTIAQ*-Rechte vor allem unterstützten, um ihr eigenes Image aufzupolieren. Anstatt wirklich für die Rechte queerer Menschen einzustehen, nutzten diese Regierungen sie, um andere, meist nichtwestliche Länder pauschal als „homofeindlich" oder „rückständig" abzustempeln. „Deren Kultur", heißt es dann, „passt nicht zur Demokratie."

Manche westliche LGBTIAQ*-Bewegungen übernehmen nationalistische Vorstellungen und schließen oft andere Gruppen rassistisch aus oder diskriminieren sie wegen ihrer Religionszugehörigkeit. Die Lebensrealitäten dieser Menschen werden ignoriert, wenn *weiße*, westliche, queere Communitys ihre Ziele formulieren.

Homonationalismus ist ein Problem, weil er die Kämpfe von LGBTIAQ*-Menschen in nichtwestlichen Ländern zu vereinfacht darstellt und Stereotype und Missverständnisse fortführt. Homonationalistisch denkende Menschen nehmen nicht wahr, wie vielfältig LGBTIAQ*-Bewegungen überall auf der Welt sind.

Kapitel Neun

Erinnerungen und Manifeste: Die Reise geht weiter

Eid-Fest
HAPPY Eid
Happy Eid
Eid MUBARAK

Ahhh, da kommt Hamza.
Yalla, bis später, Leute.
Baba, ich suche mal meine Freun*dinnen.
Geh ruhig habibti, ich bleib bei Nour. Ich weiß, du willst mit deiner Gang feiern.
HAPPY EID
Danke! Eid Mubarak!
TEE - KUCHEN - KAFFE
Eid Mubarak, Leute! So schön euch alle zu sehen!
OMG! Es ist echt ein Jahr her, dass wir alle vier zusammen waren!
Ich weiß, ihr habt mich alle total vermisst.
Suchen wir mal ein ruhiges Fleckchen, bevor uns die Tanten mit Küssen und Fragen überhäufen.
Haha
Hehe
Absolut, Hamza! Ich hab' euch alle vermisst!

Okay, dann legt mal los, ihr Süßen! Es gibt viel zu viel zu erzählen.
Erzähl uns alles, Amari!
HAPPY EID
Mein freiwilliges soziales Jahr bei der Queer Muslim_a* Gruppe war ein Traum!
Es war toll. Ich hab' großartige Menschen kennengelernt, die ganz neu definieren, was es heißt Muslimisch und queer zu sein.
Ich weiß jetzt, dass meine Sexualität nicht mit meinem Glauben in Konflikt steht.
Ich bin Muslimisch und queer.
Ich freu' mich so, dass du diese Erfahrung gemacht hast.

Und du, Hamza?
Ich wurde zum Architektur-Studium zugelassen!
Yeah! Glückwunsch, Bruder! Ich bin so stolz auf dich!
YEEAH
KRATZ
Ohne eure Unterstützung hätte ich das nie geschafft!
Und die Arbeit bei EmpowerLegal?
Mein Praktikum ist in drei Wochen vorbei.
Und weißt du, ich hab' so viel über unsere Religion gelernt, ihre Schönheit und ihr Potenzial für eine gerechte Welt. Ich denke, ich will Jura studieren.
Haha
Hehe
Ha ha
Sehr gut! Irgendwann brauchen wir dann eh deine Expertise, um uns aus der Patsche zu helfen, hahaha!

Mariama, dein Blog ist pures Gold! Du hast echt Talent! Du solltest definitiv Autorin werden.
Oder vielleicht eher Fotografin? Die Bilder von deiner Reise sind der Hammer!
Oh, wie schön, dass sie dir gefallen. Ich hab' auch schon wieder Lust auf die nächste Reise.
KLICK
KLICK
Das hat mir echt die Augen geöffnet. Vor allem hat es geholfen zu verstehen, warum die Welt so ist, wie sie heute ist.

Einige Stunden später
Hey, erinnert ihr euch noch an die letzte Schulwoche?
Oh ja! Die Projekt-Woche!
Und wie können wir nur eure tollen Referate zu Islam und Feminismus vergessen. Das hat richtig an der Lehrerin genagt!
HAPPY EID
PIZZA
Wir haben so viel durchgemacht und so viel über uns selbst, unsere Communitys und die Gesellschaft gelernt.
Wenn ich damals gewusst hätte, was ich jetzt weiß …
Haha! Hättet ihr dann etwas anders gemacht?
Genau! Was malen wir uns mit diesem Wissen und diesen Erfahrungen für uns und unsere Community aus?
Gute Frage! Aber vielleicht sollten wir anders darüber nachdenken: Jetzt, da wir wissen, was wollen wir nun? Was sind unsere Träume?
Oooh, ich spür da was! Ein Manifest entsteht! Macht euch bereit, die Dinge auf den Kopf zu stellen!

Lieb*er Les*erin,

wenn du jetzt weiterblätterst, wirst du sehen, dass die nächsten beiden Seiten leer sind. Das ist Absicht. Wir möchten, dass du Teil unserer Reise wirst und uns hilfst, etwas Außergewöhnliches zu schaffen: ein Manifest, in dem das Wissen steckt, das aus unseren und deinen Erfahrungen entstanden ist.

Wir wünschen uns, dass du hier aktiv wirst. Du selbst weißt, wie du das Leben erlebst, wie du die Gesellschaft wahrnimmst, was du verändern möchtest. Wir laden dich ein, dich auf eine Reise der Selbstreflektion und des Engagements zu begeben. Nimm dir einen Moment, um wahrzunehmen, was in dir ist, und überlege, wie die Themen, denen wir begegnet sind, sich vielleicht in deinem Leben zeigen.

Mit diesen leeren Seiten möchten wir dich ermutigen, deine Gedanken und Erfahrungen in wertvolles Wissen zu verwandeln. Teile deine Vision für eine gerechte Welt für alle, für eine Gesellschaft der Akzeptanz und des Verstehens und für eine Religion, die dynamisch bleibt, offen für Neues und inklusive Interpretationen. Egal ob du jung*er Les*erin oder Päda*gogin bist, diese leeren Seiten gehören dir, um dir eine bessere Zukunft auszumalen.
Wir hoffen mit dieser Einladung Diskussionen anzuregen, zu inspirieren und den Grundstein für eine Community von Menschen zu legen, die sich für den Wandel einsetzt. Lasst uns einander Kraft geben, für das zu arbeiten, woran wir glauben, und die Welt positiv zu verändern. Also nimm die Gelegenheit wahr, schreib auf was du denkst, lass deine Stimme erklingen. Dein Manifest handelt nicht nur von deiner Reise. Du trägst damit auch zu einem besseren Morgen für alle bei.

Zusammen können wir die Welt verändern — Stück für Stück, Seite für Seite, Traum für Traum.

Voller Hoffnung und Freude,

Mariama, Amari, Hamza & Zahra

Danksagung

Ein großes Dankeschön an Irem Kurt, dass du dich mit mir auf diese manchmal holprige, aber dennoch aufregende Reise gewagt hast. Du hast so gekonnt auf dem Papier zum Leben erweckt, was ich mir vorgestellt habe. Mit dir an diesem Buch zusammenzuarbeiten war eine wahre Freude.

Mein Dank geht an das Team bei w_orten & meer und ganz besonders an Ja'n Sammla. Danke, dass du mich bei diesem Projekt unterstützt, dass du dich um das Redaktionelle gekümmert und mir organisatorische Aufgaben abgenommen hast. Deine unerschütterliche Hilfe war in vielen herausfordernden Momenten von unschätzbarem Wert.

Danke auch an Lann Hornscheidt. Ich hatte nur diese Idee in mir und du hast mich ermutigt, mich auf diese kreative Reise zu begeben. Ich bin auch dankbar für all dein kluges Feedback zu meinen Förderanträgen.

Danke, Nicole Pearson, für die Coaching-Sitzungen und die klugen Fragen, die mir geholfen haben, die Geschichte weiter herauszukristallisieren und aufzubauen.

Danke an Dr. Sheena Howard für dein wertvolles Feedback zum Erzählbogen, mit dem du mir geholfen hast, das Manuskript zu verfeinern.

Danke an Prof.in Dr.in Tuba Işik für deinen Input und dafür, dass du mich auf Aspekte in der Islamwissenschaft hingewiesen hast, die ich übersehen hatte.

An die folgenden Empowerment-Train*erinnen und Berat*erinnen geht ein großes Dankeschön für euer Feedback zum Buchkonzept und den Protago*nistinnen: Shemi Shabat, Namarig Akbr und Rafia Shahnaz. Euer Wissen hat sehr viel zum Entstehen dieses Buches beigetragen.

An Dr. Rime Naguib und Dr. Celine Barry, danke für euren akademischen Input, um die zentralen Konzepte des Buches besser darzustellen. Mit eurer Hilfe war es möglich, soziale Konzepte für junge Les*erinnen zu vereinfachen, ohne ihre Komplexität zu ignorieren.

Danke an Darya Spanta, Cassius von Gablenz und Karim Yufanyi Movuh, dass ihr meine ersten jungen Les*erinnen wart. Euer ehrliches und

mutiges Feedback war unglaublich wichtig dafür, die Konzepte klar und zugänglich zu beschreiben.
Danke an Zuher Jazmati und Fatima Remli dafür, dass ihr die Dialoge überarbeitet habt.

Danke Sharif Bitar dafür, dass du während des Hin und Hers unserer Kommunikation so geduldig und engagiert warst und dass du dich so gut um jeden noch so kleinen Kommentar zur Übersetzung gekümmert hast.

Ein besonderer Dank geht an die großartigen Künst*lerinnen, die mir ihre Erlaubnis gegeben haben, ihre bemerkenswerten Arbeiten in diesem Buch zu verwenden. Danke an Usarae Gul, Helen Zughaib, Soufeina Hamed und MIPSTERZ-Kollektiv für euren wertvollen Beitrag.

Danke an Loubna Messaoudi für deine Freun*dinnenschaft und deine Unterstützung darin, Förderungsmöglichkeiten zu finden.

Danke an Nadine Hattom für die langen Gespräche, dafür, dass du meinen Sorgen Aufmerksamkeit geschenkt hast, mir Ruhe gegeben hast und mir geholfen hast, mich zu sammeln. Danke, dass du mir neue Möglichkeiten von Freun*dinnenschaft gezeigt hast.

Ein besonderer Dank geht an die GLS Treuhand e. V., die Khady-Demba-Stiftung und Lush Deutschland dafür, dass ihr das Potenzial dieses Projekts schon früh erkannt habt. Eure finanzielle Unterstützung hat es ermöglicht, dass diese Graphic Novel kostenlos an Community-Zentren, Empowerment-Initiativen und Schulen überall in Deutschland verteilt wird. Das stellt sicher, dass sie jungen Les*erinnen auch zugänglich ist.

Einen besonderen Dank für deine fortwährende Liebe und deine Unterstützung richte ich an dich, Brian Cusack, meinen Partner und Freund.

Und an die Liebe meines Lebens, Tamer, danke, dass du meine Inspiration bist. Dieses Buch ist für dich.

Quellen

Literatur

Ahmed, Leila. Women and Gender in Islam—Historical Roots of a Modern Debate. New Haven: Yale University Press. 1992.

Amjahid, Mohamed. Let's Talk About Sex, Habibi: Liebe und Begehren von Casablanca bis Cairo. Piper Verlag. 2022.

Crenshaw, Kimberlé. „Mapping the Margins: Intersectionality, Identity Politics, and Violence against Women of Color". In: Stanford Law Review. Vol. 43, No. 6. 1991.

Ekine, Sokari; Abbas, Hakima. Queer African Reader. Pambazuka Press. 2013.

El-Tayeb, Fatima. Anders Europäisch: Rassismus, Identität und Widerstand im vereinten Europa. Unrast. 2022.

Gümüşay, Kübra. Sprache und Sein. btb Verlag. 2021.

Habib, Samar. Female Homosexuality in the Middle East: Histories and Representations. Routledge Press, 2007.

Hall, Stuart. Ideologie, Identität, Repräsentation: Ausgewählte Schriften 4. Argument Verlag. 2021.

Hendricks, Muhsin. „Islamic Texts: A Source for Acceptance of Queer Individuals into Mainstream Muslim Society". The Equal Rights Review. Vol. 5. 2010.

hooks, bell. Männer, Männlichkeit und Liebe: Der Wille zur Veränderung. Elisabeth Sandmann Verlag. 2023.

Kugle, Scott Siraj al-Haqq. Homosexuality in Islam: Critical Reflection on Gay, Lesbian, and Transgender Muslims. Oneworld Publications. 2010.

Kuria, Emily Ngubia; Naqshband, Saboura (Übersetzung): eingeschrieben. Zeichen setzen gegen Rassismus an deutschen Hochschulen. w_orten & meer. 2015.

Mir-Hosseini, Ziba; Al-Sharmani, Mulki; Marsso, Sarah. Justice and Beauty in Muslim Marriage: Towards Egalitarian Ethics and Laws. Oneworld Publications. 2022.

Mir-Hosseini, Ziba; Al-Sharmani, Mulki; Rumminger, Jana.
Men in Charge? Rethinking Authority in Muslim Legal Tradition. Oneworld Publications. 2015.

Mohr, Sarah. „Building an Islamic Feminism: Contrasting Beauvoir and the work of Amina Wadud". Interreligious Dialogue. 2010.

Naqshband, Saboura. „Becoming European. Muslim* als Queer — Widerspruch, Antagonismus, Notwendigkeit". In: (K)Ein Kopftuchbuch. Über race-, Religions- und Geschlechterkonstruktionen und das, wovon Kopftuchdebatten ablenken. Hg: Natalia Amina Loinaz, Anna Sabel, Verband binationaler Familien und Partnerschaften. transcript. 2023.

Puar, Jasbir. Terrorist Assemblages: Homonationalism in Queer Times. Duke University Press Books. 2007.

Said, Edward. (2009). Orientalismus. S. Fischer Verlag.

Sirri, Lana. Einführung in Islamische Feminismen. 2. überarbeitete Auflage. w_orten & meer. 2020.

Wadud, Amina. Qur'an and Woman: Rereading the Sacred Text from a Woman's Perspective. Oxford University Press. 1999.

Youssef, Olfa. Hirat Muslima fi al Mirath wal Zawaj wal Jinsya al mithlya (dt. Die Verwirrung einer Muslimischen Frau: Über Erbschaft, Ehe und Homosexualität). Dar Sahr lil Nashr. 2008.

Websites

https://www.helem.net/
https://i-slam.de/
https://karamah.org/
http://www.maruf.eu/
https://www.musawah.org/
https://www.wluml.org/

Links

Mahfouz, Asmaa. The vlog that helped spark the revolution. Democracy Now! https://www.youtube.com/watch?v=1JW3m8uwcL4. 2011.

Muslimische Frauen gegen Femen „Du brauchst mich nicht zu befreien". https://taz.de/Muslimische-Frauen-gegen-Femen/!5068461. 2013.

Naciri, Mohammad. „Male, Muslim and feminist, UN's Mohammad Naciri talks women's rights in the Middle East". Euronews. https://www.euronews.com/embed/688488. 2019.

Ali Khan, Nouman. „Emotional Intelligence - Amazed by the Quran". https://www.youtube.com/watch?v=jqFWlmlFUrU. 2016.

Gümüsay, Kübra. „Organised Love". https://www.youtube.com/watch?v=ZXgp6E53TIE&t=7s. 2017.

Dr. Lana Sirri ist Wissenschaftlerin und Aktivistin. Sie konzentriert sich in ihrer Arbeit auf die Schnittstellen von Islam, Race, Geschlecht und Sexualität und engagiert sich für die Dekolonisierung feministischer Studien über Muslimische Frauen. Sie ist assoziierte Expertin des Centre for Intersectional Justice (CIJ), Mitbegründerin der Gruppe Berlin Muslim Feminists und Autorin von „Einführung in Islamische Feminismen".
Mit der Graphic Novel möchte Lana jungen Menschen Wissen vererben, nach dem ihr jüngeres Ich lange gesucht hat.

Irem Kurt ist Illustratorin. Sie illustriert für NGOs, Vereine, Verlage und Institutionen, unter anderem zu diversen gesellschaftspolitischen Themen. Neben ihrer kreativen Arbeit engagiert sie sich auch in ihrer Community und schafft Empowerment-Räume mit ihrem OUSA Kollektiv. Irem lebt und arbeitet zwischen Frankfurt am Main und Berlin.

w_orten & meer — Verlag für verbindendes diskriminierungskritisches Handeln

w_orten & meer ist ein Non-Profit-Verlag — Bücher und Publikationen sind für uns eine wertschätzende Gestaltung von Welt. Wir verlegen Bücher, die zu intersektionaler Gewalt empowernde Perspektiven eröffnen und neue Ausdrucksweisen anbieten.
Der Verlag arbeitet sozial und ökologisch nachhaltig: bei der Herstellung und dem Transport der Bücher, beim Einrichten und Unterhalten des Büros und auf der Ebene der Bezahlung von Menschen, die an den verschiedenen Produktionsschritten für ein Buch beteiligt sind. Weitere Informationen zu unserer Arbeitsweise sowie unser Gesamtprogramm finden sich auf unserer Webseite:

www.wortenundmeer.net

Disclaimer about use of images

We have been advised that the reproduction and publication of certain images/artworks may fall under the quotation exception as set forth in national and international copyright laws or may be considered fair use under certain jurisdictions. As a result, no further permission should be required. Nevertheless, the author has made every effort to trace all artists and come to an arrangement with them regarding the use of their images/artwork. If you still believe that your copyright or any other intellectual property rights have been infringed, please kindly contact the author.